LA REINE DE L'HIVER

FILLE DE L'HIVER
TOME TROIS

SKYE MACKINNON

TRADUCTION PAR
NINON ADRIEN , VALENTIN TRANSLATION

Peryton Press

TABLE DES MATIÈRES

Au troupeau : ce livre n'existerait pas sans vous

PRÉCÉDEMMENT DANS LA SÉRIE

Wyn, héritière du trône de l'Hiver, tueuse de démons et autres créatures, s'habituait lentement à la vie dans le palais de sa mère. À l'exception des robes, auxquelles elle ne se ferait jamais.

Elle a rencontré Blaze, elle a appris à voler, et a eu – enfin ! – droit à quelques rencards avec ses gardiens. Mais, bien sûr, il fallait que quelque chose vienne détruire tout cela. Elle a été empoisonnée, a failli mourir, et elle s'est retrouvée dans la bibliothèque des vies, où elle a dû prouver qu'elle était digne de devenir immortelle.

Au royaume, elle a dû s'occuper du dragon métamorphe qui avait essayé de la tuer, mais il a refusé de dire quoi que ce soit, même quand la gardienne Ada l'a interrogé. Il a absorbé un poison qui s'est avéré être fabriqué à partir d'une plante que l'on ne trouve que dans le royaume des démons, ce qui a conduit le conseil à se demander si leur principal suspect, le dieu de l'Été Angus, ne travaillait pas avec les démons.

Wyn a finalement interrogé Crispin sur son passé, et celui-ci lui a montré quelques-uns de ses souvenirs. Il a été créé par la Morrigan et s'est transformé en assassin et en tortionnaire pour elle.

La jeune femme s'inquiétait depuis longtemps pour ses parents adoptifs, et elle a réussi à convaincre Arc de trouver un moyen de prendre de leurs nouvelles. Avec l'aide d'un démon, ils ont créé un lien mental et ont pu parler à travers lui alors qu'il rendait visite aux parents de Wyn. Mais il ne faut jamais faire confiance à un démon. Il a kidnappé ses parents en leur disant qu'il le faisait pour la Morrigan.

Lors d'une réunion du conseil pour évoquer la situation, un messager a soudain apporté une boîte. À l'intérieur se trouvait la main de la mère adoptive de Wyn, et lorsque celle-ci l'a touchée, elle a vu la mort de sa mère, et compris que son père était toujours prisonnier de la Morrigan.

En pleine dépression, elle décide de devenir comme Beira, une reine des glaces dépourvue d'émotions.

Dans l'épilogue, la démone Chesca apparaît à l'une des portes du royaume et demande à parler à Wyn. Elle est tuée par l'un des gardes, mais parvient à leur transmettre son dernier message : la Morrigan est derrière tout cela et elle contrôle les démons.

LE PEUPLE DU ROYAUME

Famille

Wyn, demi-déesse et héroïne de cette série

Ses gardiens : Storm, Frost, Arc et Crispin

Beira, reine de l'Hiver et mère de Wyn

James, père adoptif de Wyn

Rose, mère adoptive de Wyn

Le conseil

Gwain, maître d'armes

Ada, second de Gwain

Tamara, maîtresse de maison (et maîtresse espionne)

Algonquin, bibliothécaire

Zephyr, maître des ailes

Theodore, guérisseur

Magnus, trésorier

Amis

Blaze, licorne extraordinaire

Chesca, démone (décédée)
Aodh, l'amant de Chesca (décédé)

Ennemis
Angus, roi de l'Été
Bridget, son épouse
Morrigan, déesse de la Mort
Les démons… eh bien, ils sont diaboliques

CHAPITRE
UN

On dit que le chagrin passe. On dit que la douleur s'atténue.

Eh bien, je ne veux pas qu'elle s'en aille. Je ne veux pas cesser d'avoir mal.

La douleur m'aide à fonctionner et à passer la journée. Et elle m'aide à me concentrer sur une chose : la vengeance.

Ma mère. Chesca. Et nous ne savons pas si mon père est encore en vie.

J'aimerais pouvoir dire que je le ressentirais s'il était mort, mais je suis tellement vide intérieurement que je ne pense pas que ce serait le cas. Je n'éprouve plus grand-chose. Dans mon cœur, il n'y a que des éclats et des fragments, rien d'autre qu'un chaos brisé.

La seule chose qui puisse me faire sentir un tant soit peu vivante, c'est la poussière de licorne de Blaze. Des *sparklies*, comme il dit. Je touche sa corne et je me sens mieux. Pendant un certain temps, au moins. Mes gardiens ont essayé de m'empêcher d'aller le voir, mais je les repousse ou je les évite.

J'ai besoin d'oublier, au moins une fois par jour. Qu'y a-t-il d'autre que la mort et le désespoir ?

Une semaine s'est écoulée depuis ce jour horrible. Je ne peux rien faire. Ma mère discute avec ses alliés, ses compagnons dieux et déesses, tandis que le maître d'armes entraîne ses troupes. Mes hommes sont occupés à faire de même, se préparant à la bataille à venir.

Mais elle n'aura pas lieu si nous ne trouvons pas la Morrigan en premier. Elle se tapit dans l'ombre, elle se cache toujours. Comment combattre un fantôme ?

Comme je n'ai rien à faire, j'ai bien trop de temps pour réfléchir. Trop de temps pour me souvenir.

Blaze est le seul qui semble m'écouter. Le seul qui ne pose pas de questions idiotes comme *comment vas-tu ?* Vous voulez savoir comment je vais ? Atrocement mal. Je ne suis qu'une coquille vide, animée seulement par la vengeance. C'est tout ce qui me fait tenir. Sans cela, je resterais roulée en boule dans mon lit.

Ce qui ne veut pas dire que je ne l'ai pas fait aussi. J'ai passé beaucoup de temps dans ma chambre à fixer le plafond, ignorant les domestiques qui essayaient de venir m'apporter à manger. Je me sers de la magie pour verrouiller les portes de sorte que personne ne puisse me déranger. Pas même mes hommes.

Je me fiche de la nourriture. Si quelqu'un me donne quelque chose, je le mange, mais je ne ressens plus la faim.

Ma mère, ma si jolie mère. Je ne cesse de penser à sa douleur. Au fait que la Morrigan lui a tranché le bras. Qu'elle a planté un couteau dans son cœur. À cette douleur fulgurante qui l'a tuée. Ça se répète en boucle dans ma tête. Il n'y a pas d'images : il faisait trop sombre dans ce donjon pour y voir grand-chose. Ne restent que les émotions, la peur de ma mère, sa souffrance, l'angoisse de mon père. Ça ne s'arrête jamais, ça tourne en boucle, ça me rend dingue.

Et l'image de sa main coupée… il n'y a qu'une seule chose pour me sortir ça de la tête.

J'entre dans le trou menant à la maison de Blaze et j'attends que l'ascenseur magique me transporte en bas. J'ai un peu mal à la tête, mais je sais que la douleur disparaîtra lorsque j'aurai mes *sparklies*. C'est toujours le cas. Et, au moins, la douleur physique dans mon crâne est plus facile à supporter que la douleur mentale qui m'assaille chaque minute de chaque jour.

— Bienvenue, me dit Blaze.

Il est étendu sur un grand coussin violet, les pattes avant repliées sous le corps. Sa fourrure blanche est toujours aussi immaculée et sa corne brille légèrement. J'ai l'eau à la bouche en pensant à tous les *sparklies* qui m'attendent. Ils ne se mangent pas, mais j'ai l'impression qu'ils me nourrissent.

Je ne perds pas de temps en bavardages. Blaze sait pourquoi je suis ici. Je me fiche de savoir comment il va, ou ce qu'il a fait depuis que je l'ai vu hier après-midi. Je m'approche de lui et touche sa corne sans autre forme de procès.

La félicité m'envahit. Le bonheur vient ensuite. Je m'écroule au sol avec un large sourire tandis que la sensation de chaleur familière se répand dans ma poitrine, noyant les ténèbres qui s'y trouvent. Mes pensées deviennent floues et je soupire de soulagement. J'y suis presque. À ce moment où tout disparaît, et où mes souvenirs s'estompent. Ce moment où je peux vivre dans le présent sans être affectée par le passé. Ce moment où je peux simplement exister, sans tristesse, sans ce froid qui entoure mon cœur, sans la culpabilité que je porte au fond de moi.

Les *sparklies* se répandent dans mon corps et me réchauffent doucement. Ils sont doux et agréables. Je voudrais les sentir tout le temps. Je ne veux pas que cela s'arrête. Tout est si beau maintenant. Blaze scintille de partout, sa grotte brille et même mes mains sont pleines de paillettes arc-en-ciel. La vie est si belle quand la réalité nous échappe !

Comme toujours, cela se termine bien trop tôt. Le bonheur s'arrête sans prévenir et les ténèbres reviennent, s'accrochant à mon cœur. La pièce est froide et peu accueillante.

Non, j'ai besoin de plus ! Je ne veux pas de ce vide. J'ai besoin de couleur dans ma vie.

— Donne-m'en plus ! supplié-je Blaze.

Je tends la main vers sa corne, mais il se détourne avant que je puisse la toucher. Je me lève en titubant et je m'avance vers lui, mais il s'éloigne de moi et me regarde bizarrement.

— Princesse… murmure-t-il, mais il continue de reculer.

Non, j'en veux plus ! Il est l'un de mes sujets, il doit faire ce que je veux.

— Viens ici ! lui ordonné-je, et il écarquille les yeux.

Il semble tenté de faire un pas en avant, mais il secoue la tête.

— Non, tu n'es pas ma reine ! Je ne t'en donnerai pas plus, cela a assez duré !

Je grogne de frustration et je trébuche vers lui, mais pour chaque pas que je fais, il réussit à en faire deux en arrière. Cela ne fonctionnera pas, je suis trop instable sur mes pieds.

Avec un gémissement, je cherche ma magie. Je me fiche du pouvoir que j'en tire, je me contente de la lancer sur Blaze ; je veux qu'il reste immobile pour moi.

Il hennit de peur tandis qu'un cercle de flammes se forme autour de lui. En temps normal, cela me ferait arrêter, mais mon cœur est de glace, et même son regard effrayé ne l'atteint pas. Les flammes se reflètent dans ses pupilles sombres et écarquillées.

Cette fois, il ne bouge pas quand je m'approche de lui. Il est figé par le choc, ou peut-être parce qu'il va se brûler s'il fait le moindre pas dans n'importe quelle direction. Enfin je peux toucher sa corne ; au même moment, les flammes s'emparent de ma manche et commencent à la dévorer.

La félicité et le bonheur remplissent le vide à l'intérieur de moi, mélangés à une douleur que je n'arrive pas à situer. Normalement, il n'y a pas de douleur quand je pénètre dans le monde merveilleux des *sparklies*. Peut-être s'agira-t-il d'une nouvelle et bonne expérience ? Il y a parfois du plaisir dans la douleur.

Je me laisse tomber au sol, mon esprit se retire lentement, puis il ralentit. Calme. Inexistant.

La douleur est toujours là et m'empêche de lâcher prise complètement. Elle se renforce.

Je me roule en boule, me disant que cela fera disparaître la douleur. Parfois, se cacher du monde fonctionne. Mais pas cette fois-ci.

La félicité est repoussée par la douleur qui s'abat sur moi. Je hurle tant la souffrance est forte.

Je pourrais ouvrir les yeux pour voir d'où cela vient, mais les *sparklies* m'en empêchent. Ils sont toujours en moi, mais tandis qu'ils me rendent habituellement heureuse, aujourd'hui, ils ne semblent qu'accentuer la douleur.

C'est de pire en pire, et je ne m'arrête plus de hurler.

J'entends un autre cri, un écho peut-être, ou peut-être est-ce quelqu'un d'autre. Je me souviens vaguement que Blaze était là. Peut-être qu'il crie pour se moquer de moi ?

— Qu'est-ce qui se passe ici ? Oh non, Wyn !

Des voix, des jurons, des cris.

On me jette dans un bassin d'eau. Non, on me jette de l'eau dessus. Ou les deux ? C'est difficile à dire. Au moins, cela me permet d'avoir l'esprit un peu plus clair. Suffisamment pour savoir que la voix qui parle rapidement en arrière-plan est celle de Frost.

Un instant plus tard, je regrette que mon esprit s'éclaircisse. Une douleur intense s'éveille dans mon bras droit, jusqu'à l'épaule et au cou. *Ça fait si mal, je vous en prie, faites que ça s'arrête.* Je gémis et quelqu'un saisit ma main gauche et la serre de manière rassurante.

— Chut, Crispin sera bientôt là, murmure Frost et de l'eau coule sur moi, rafraîchissant un peu ma peau brûlante. Qu'est-ce que tu t'es fait, Wyn ? Non, n'essaie pas de bouger ! Blaze est allé chercher Crispin, ils ne vont pas tarder.

J'ai du mal à suivre ce qu'il dit. Crispin ? Pourquoi ai-je besoin de Crispin ? Oh ! La douleur… c'est peut-être à cause de ça ? Crispin est un guérisseur, il pourra peut-être m'aider. Pour la douleur dans mon corps et dans mon esprit. Ensuite, Blaze pourra me donner d'autres *sparklies* pour me faire oublier tout cela.

L'eau qui coulait sur ma peau disparaît, et, aussitôt, la douleur s'aggrave.

— N'arrête pas ! gémis-je d'une voix rauque.

— D'accord, mais dis-moi si tu as froid.

L'eau revient et rafraîchit ma peau brûlante. Cela ne fait pas disparaître la douleur, mais l'apaise légèrement. Je peux alors me concentrer sur une autre sensation, plus fraîche et plus agréable que les douleurs.

— Frost, murmuré-je.

— Oui, Wyn ?

— Ça fait mal.

Je réfléchis un instant à ce que je viens de dire, puis j'ajoute :

— Je ne veux pas pleurnicher.

Il ricane tristement.

— Tu peux le faire autant que tu veux. C'est mieux que de maintenir cette façade que tu nous as montrée. Laisse-toi aller.

— Quoi ?

Je ne sais plus où j'en suis. Mon esprit est encore embrouillé par la douleur et les *sparklies*.

— Tu es en deuil. Tu dois nous laisser entrer, Wyn, ou ça va te dévorer de l'intérieur.

— La douleur est à l'extérieur, marmonné-je, remarquant qu'elle semble s'aggraver.

L'eau n'atténue plus la pression comme auparavant.

— Maintenant, oui, mais ce n'est pas de ça que je parle.

Il me caresse doucement le visage, mais je ne suis pas sûre d'aimer cette sensation. C'est trop intime, trop intense.

— Nous aurons cette conversation quand tu iras mieux. Crispin va bientôt arriver, et il pourra te soulager. Ensuite, nous retournerons au palais où tu te reposeras.

— Dormir, c'est une bonne idée, croassé-je, mais sans la douleur.

Un grondement se fait entendre au loin, puis des pas, rapides, et de plus en plus rapprochés.

— Que s'est-il passé ?

— Laissez-moi passer !

— Je vais tuer cette licorne !

Quelqu'un s'agenouille à mes côtés, mais je gémis quand on me touche.

— C'est bon, c'est moi, Crispin.

Sa voix est apaisante, douce, et j'ai envie de m'y enfoncer, de me laisser aller. Mais la douleur m'en empêche.

— Ces brûlures sont graves. Je vais t'endormir pour pouvoir travailler dessus, c'est d'accord ?

Je secoue la tête et gémis sous l'effet de la douleur.

— Non. Pas de sommeil.

Le sommeil apporte des cauchemars. Des souvenirs. Des sensations. Je déteste dormir.

— Arc, viens ici ! Peux-tu la mettre en transe ? La guérison va être douloureuse, et je ne veux pas qu'elle soit réveillée pour ça.

Une main se posa sur mon front, fraîche et chaude à la fois.

— Bien sûr. Wyn, détends-toi. Tout sera bientôt terminé. Laisse-moi entrer, abaisse tes barrières. Il n'y aura pas de rêves, je te le promets. Pas de cauchemars. Rien que du repos.

Avec tous les *sparklies* dans mon corps, mes barrières sont déjà tombées, mais avant que je puisse le lui dire, je glisse, loin de mon corps, dans un endroit paisible.

Il n'y a plus de douleur.

CHAPITRE
DEUX

Un double arc-en-ciel se profile à l'horizon. Deux arcs parfaits, parallèles, touchant la terre aux deux extrémités.

— Magnifique, n'est-ce pas ?

Je me retourne face à Arc. Il affiche un large sourire quand il détourne son regard de l'arc-en-ciel pour le poser sur moi.

— Bienvenue dans mon endroit sûr.

— Où sommes-nous ? demandé-je en nous regardant.

Arc porte un kilt gris et une chemise blanche, mais à part cela, il est pieds nus. Nous nous trouvons sur une pelouse d'un vert éclatant, bien trop colorée pour être réelle. Elle est douce sous mes pieds nus et je recroqueville mes orteils dans la terre chaude. Je porte une simple robe bleue, que je n'ai jamais vue auparavant. Même si je n'aime pas les robes en général, celle-ci est étonnamment confortable.

— Dans mon esprit. C'est ici que je viens quand j'ai besoin de calme et de tranquillité,

— Tu me laisses entrer dans ton esprit ?

Il hausse les épaules.

— Tu as déjà mon cœur, pourquoi pas mon esprit ? Tu avais besoin d'un endroit pour te remettre, pour t'échapper pendant que Crispin te guérit. Cet espace me paraissait tout à fait approprié.

Je m'en souviens à présent. La douleur, le feu, les *sparklies*.

— Que s'est-il passé exactement ?

Il fait la grimace.

— Je n'en suis pas tout à fait sûr, mais on dirait que tu t'es mis le feu. Ta chemise s'est enflammée aussi, et tes cheveux… je suis désolé.

— Qu'est-ce qu'ils ont, mes cheveux ?

Arc semble mal à l'aise.

— Euh… il ne restait plus grand-chose d'un côté.

Je touche ma tête avec précaution, mais mes cheveux sont comme d'habitude, retombant juste en dessous de mes épaules des deux côtés.

— Ce n'est pas réel, m'explique Arc. Tu te vois comme tu en as envie, pas comme tu es en ce moment dans la réalité.

— Alors quand je me réveillerai, je serai chauve ? demandé-je.

Je ne sais pas trop quoi en penser. Mon esprit est encore en train d'assimiler tout cela.

— Seulement d'un côté, je pense, me dit-il avec un petit sourire. Tu pourrais te faire un *mohawk*, ce qui choquerait un peu la Cour.

Je souris à l'idée qu'Algonquin ou Theodore me voient ainsi. Peut-être qu'un style punk serait un moyen de leur faire comprendre qu'ils doivent me laisser tranquille. Apparemment, les ignorer ou leur lancer des regards noirs n'a pas fonctionné.

— Enfin ! s'exclame Arc, qui me regarde, l'air réjoui.

— Quoi ?

— Tu as souri. C'est la première fois en huit jours que tu souris.

Aussitôt, je remets mon masque en place, effaçant ce traître de sourire. L'expression d'Arc s'assombrit.

— Tu as le droit de sourire, princesse. Je t'en prie, ne t'enferme pas à nouveau.

Je secoue la tête, essayant d'ignorer son regard triste.

— Je ne peux pas. Comment pourrais-je sourire alors que ma mère est morte, son corps démembré quelque part ? Comment pourrais-je sourire alors que j'ignore où est mon père, ni même s'il est vivant ?

Arc pose ses mains sur mes épaules, et même si ce contact m'est à peine supportable, je reste où je suis, baissant les yeux vers le sol, espérant que mes larmes vont disparaître.

— Aucun d'eux ne voudrait que tu sois aussi froide, dit doucement Arc. Ce n'est pas parce que la reine Beira gouverne ainsi que tu dois faire de même. Reviens-nous, Wyn. Ne reste pas dans l'obscurité. Laisse-nous entrer.

Si j'étais dans mon état normal, je le prendrais dans mes bras et je lui dirais que tout va bien se passer. Mais ce n'est pas le cas. La Wyn qu'il connaît est enfermée en moi et je n'ai pas l'intention de la laisser sortir. Elle n'est pas assez forte pour ce nouveau monde. Je dois être froide et insensible pour survivre. Je ne peux pas m'effondrer, je dois continuer à avancer. Pourquoi ne le comprennent-ils pas ? Pourquoi essaient-ils de me faire tomber mes barrières ?

Non, je ne peux pas.

Je me libère de ses mains et je recule, avant de remonter mes remparts. Les arcs-en-ciel disparaissent, tout devient noir et je suis projetée à nouveau dans mon corps.

Au revoir, Arc. Je suis désolée.

La douleur m'accueille à bras ouverts. Je ne lutte pas contre elle. Je la mérite.

Pendant un moment, je me laisse aller à la chaleur du gardien qui me tient dans ses bras, puis j'ouvre les yeux. Crispin est penché au-dessus de moi, ses mains frôlent ma peau sans me toucher. Il n'a pas encore remarqué que je suis réveillée.

La douleur est presque plus forte que lorsque je brûlais. Ce qu'il fait n'est pas tendre. Mais c'est une bonne chose. J'ai trahi mes parents, j'ai fait entrer le démon dans leur maison. Ma mère est morte à cause de moi. Cette douleur n'est pas une punition suffisante.

— Wyn, gémit Arc en se tenant la tête. Il est assis par terre à côté de moi, le dos contre le mur. Son visage est pâle sous ses cheveux roux.

— Que s'est-il passé ? s'enquiert Storm, inquiet, s'agenouillant auprès de son compagnon gardien.

— Elle m'a repoussé, soupire Arc, me pointant du doigt.

Crispin lève la tête de son travail et ses yeux s'écarquillent lorsqu'il voit que je suis réveillée.

— Merde ! Tu n'étais pas censée être consciente pendant que je fais ça. Ça suffit. Tu vas dormir.

— Non ! murmuré-je, la voix rauque à cause de la douleur et de la fumée.

— Tu as eu ta chance ! gronde Storm, en colère. Crisp, endors-la. Ensuite, une fois que tu l'auras guérie, nous rentrons à la maison. Plus de *sparklies*.

— Mais j'en ai besoin…

Le sommeil m'envahit, et je suis partie avant de pouvoir le combattre.

— Qu'allons-nous faire maintenant ? chuchote Frost.

Sa voix est presque trop lointaine pour que je l'entende, mais il est dans la même pièce que moi.

— À partir de maintenant, l'un de nous reste avec elle en permanence.

C'est Storm qui a parlé. Pas Storm, mon amant, mais le meneur, le sérieux.

— Quand elle essaie d'aller voir Blaze, arrêtez-la. La licorne ne lui en donnera pas davantage, il a compris la leçon. Je ne crois pas qu'il s'attendait à ce qu'elle devienne dépendante aussi rapidement.

— Il devrait être reconnaissant que je l'aie guéri, grogne Crispin. Il serait mort si Frost ne les avait pas suivis.

— Et si elle essaie de partir ? Nous ne pouvons pas l'arrêter, c'est la princesse.

— Nous avons juré de la protéger, réplique Storm d'un ton grave. Même si cela signifie la protéger d'elle-même. Je suis sûr que Sa Majesté sera d'accord, mais si elle ne l'est pas, je prendrai sur moi d'en assumer les conséquences.

— Elle m'a repoussé, marmonne Arc, la voix empreinte de tristesse. Elle n'a jamais fait ça avant.

Storm soupire.

— Elle n'est pas elle-même en ce moment. Elle est en deuil, elle est dans un endroit qui ne lui est pas familier, et elle cherche à se venger. Personne n'aimerait être à sa place. Elle a besoin de temps, mais je ne sais pas combien nous pourrons lui en accorder. La guerre arrive, et nous devons nous y préparer.

Je n'ai pas besoin de temps. Je suis prête pour la guerre. Prête à écraser la Morrigan. J'ai verrouillé mon cœur, le protégeant contre d'autres blessures. J'ignore si mon père est encore en vie.

S'il ne l'est pas… Je ne peux pas m'effondrer. Je dois continuer à me battre. Je ne peux pas laisser mes sentiments me retenir. Ça, c'était l'ancienne Wyn, mais elle était faible. Pour vaincre la déesse de la Mort, je vais avoir besoin de mon esprit, pas de mon cœur.

— J'ai peur que nous la perdions, murmure Arc. Jamais je ne l'ai vue ériger des barrières aussi solides. Elle nous tient à l'écart… et si elle ne nous laissait plus jamais entrer ?

Il semble si désespéré, si triste, que j'ai envie de le prendre dans mes bras… non, ça, c'est l'ancienne Wyn. *Arrête*. Les câlins n'aident personne. Ce n'est qu'une perte de temps et d'énergie.

— N'oublie pas que nous sommes liés à elle, répond Crispin d'un ton apaisant, mais même lui semble un peu incertain. Elle finira par ne plus pouvoir lutter contre ce lien. Elle a besoin de nous autant que nous avons besoin d'elle,

Soudain, je n'en peux plus. Je bouge les bras et les jambes, m'étirant comme si je venais de me réveiller.

— Bonjour, princesse.

La première chose que je vois en ouvrant les yeux, c'est Frost qui me sourit.

— Comment te sens-tu ?

— Bien. Quelle heure est-il ?

Son sourire s'estompe un peu.

— Presque midi. Ta guérison t'a demandé beaucoup d'énergie, alors nous t'avons laissée dormir…

Je saute du lit, sans le laisser finir. Tant de temps perdu ! Je dois aller consulter ma mère, puis rendre rapidement visite à Blaze ; ensuite, il y aura sûrement une réunion du conseil, et puis…

Attendez, Blaze…

— Il va bien ?

— Qui ? La licorne ? demande Storm, qui ricane en signe de désapprobation.

— Oui, qui d'autre ? répliqué-je avec impatience. A-t-il été blessé ?

— Il va bien, me rassure Frost qui me tourne autour jusqu'à se trouver devant moi.

Ses yeux sont doux et chauds, mais j'y lis une question, une supplique pour que je réagisse face à lui. Pas à ses mots, mais à ses sentiments. Je tourne la tête, incapable de contempler le désir dans ses yeux. Je ne peux pas lui donner ce dont il a besoin.

— Crispin l'a soigné après s'être occupé de toi, explique Frost, de la douleur dans la voix. Mais il est parti pour un petit moment, jusqu'à ce que…

Je me retourne et j'attrape Frost par les épaules, le secouant presque.

— Pourquoi partirait-il ? Où est-il allé ?

Il baisse les yeux, évitant mon regard.

— Il avait quelque chose à faire…

Je serre ses bras plus fort.

— Mais j'ai besoin de lui ! m'exclamé-je d'une voix qui n'est pas aussi forte que je l'aurais voulu.

En fait, c'est presque un gémissement. Plus de *sparklies*. J'en ai besoin. Je ne peux pas continuer sans eux. Blaze est le seul à pouvoir me faire oublier, le seul qui parvient à atténuer la douleur. Sans lui, je vais devoir vivre dans le froid et l'obscurité. C'est ainsi que je ressens le monde depuis le jour où la boîte est arrivée. Ma mère…

Non, ne pense pas à ça. Ne laisse pas ces pensées s'approcher de toi. Ils étaient tes parents adoptifs, pas tes vrais parents. La mort de ta mère n'est pas aussi grave qu'il y paraît. Beira est ta vraie mère. Elle est toujours en vie, elle a besoin de toi.

— J'en ai besoin… insisté-je, et cette fois, c'est vraiment un gémissement qui m'échappe.

Ma respiration s'accélère, mais je ne peux pas la contrôler, c'est mon corps qui prend le dessus. Mes jambes tremblent, et je m'effondre lentement vers le sol, m'accrochant à ce qui se trouve le plus près de moi.

Je ne peux pas faire ça.

Je ne suis pas assez forte. Je n'arrive pas à protéger suffisamment mes émotions. Parfois, elles ont besoin d'être libérées, et je ne peux le faire qu'avec Blaze. Il ne juge pas, il ne raconte rien à personne. Avec lui, je peux être heureuse quelques instants par jour, avant que les ténèbres ne reprennent le dessus.

— Chut, Wyn, ça va aller.

Une main me frotte le dos de manière apaisante, ce qui fait trembler mes barrières.

Non, je ne peux pas.

Je me dégage de leurs mains et titube. Tout tourne, et j'ai vaguement conscience que ma respiration est beaucoup trop rapide, mais je dois m'éloigner d'eux. Ils sont trop gentils, trop tendres. Je ne peux pas leur donner ce qu'ils veulent.

À ma grande surprise, j'atteins la salle de bains avant qu'un d'entre eux puisse m'arrêter. Je tourne la clé dans la serrure, puis je me laisse à nouveau tomber sur le sol, m'appuyant contre la porte en bois froid.

Blaze m'a abandonnée, au moment où j'avais le plus besoin de lui. Je pensais pouvoir faire confiance à la licorne.

Je serre mes genoux contre ma poitrine. Mon cœur est sur le point de se libérer, mais je ne peux pas le laisser faire. Je dois le maintenir dans sa prison de glace, quitte à souffrir. Je dois continuer à fonctionner. Mais pourquoi est-ce si difficile ?

C'est à cause des hommes. Ils rendent les choses plus difficiles. Sans eux, je n'aurais à me soucier que de moi-même.

Mais, même maintenant, je sens le lien qui nous unit, et qui nous attire les uns vers les autres. Si j'y cédais, j'ouvrirais la porte et me jetterais dans leurs bras.

Notre lien est de plus en plus exigeant chaque jour où je ne touche pas mes gardiens. Auparavant, je n'avais jamais remarqué à quel point je les touchais souvent. Un frôlement dans un couloir, un baiser rapide en nous rendant à une réunion, un câlin dans le lit avant de m'endormir dans leurs bras. Même s'ils n'étaient pas tous ensemble, il y avait toujours l'un d'entre eux dans les parages. Et maintenant que je les garde à distance, notre lien me fait souffrir.

Maudits soient ces gardiens pour m'avoir imposé ce rituel. Peut-être que le lien que nous avions avant, celui qu'ils ont créé en siphonnant une partie de ma magie, n'aurait pas été assez fort pour nous garder ensemble. J'aurais peut-être pu les faire partir. Mais avec cet autre lien, c'est impossible.

Un coup frappé à la porte envoie de minuscules vibrations dans ma colonne vertébrale.

— Wyn, tu vas bien ?

J'ignore Storm et rapproche mes jambes. Mais je ne me sens pas mieux pour autant. Il frappe à nouveau, plus fort cette fois. La porte entière tremble et, avec un soupir, je me lève, cherchant un meilleur endroit pour m'asseoir.

C'est alors que je me vois dans le miroir. Je pousse un cri avant de pouvoir l'étouffer avec mes mains.

Ce n'est pas moi ! Ce n'est pas possible. La Wyn du miroir me regarde, les yeux écarquillés, ses sourcils brûlés lui donnant un air étrangement confus.

La porte s'ouvre avec fracas.

— Qu'est-ce… ?

Storm ne termine pas sa question. Il sait exactement ce qui ne va pas.

J'ai perdu la moitié de mes cheveux. Mon cuir chevelu est d'un rouge affreux, la peau est plissée à l'endroit où se trouvaient mes cheveux. Ils sont normaux du côté gauche, mais dès qu'ils atteignent la raie, ils prennent une étrange forme d'éclair, laissant quelques touffes à l'avant et une énorme calvitie juste derrière.

Je touche avec précaution l'arrière de ma tête. Là encore, il n'y a plus de cheveux sur le côté droit.

— Je t'ai guérie, mais je ne pouvais pas faire repousser tes cheveux, me dit Crispin d'une voix douce.

Je n'avais même pas remarqué qu'il était entré dans la pièce.

— Ta mère pourrait peut-être le faire. Ou nous pourrions te trouver une perruque, ou un joli foulard, ou…

— Sortez ! hurlé-je en leur envoyant une rafale.

Elle m'échappe avant que je puisse la retenir. Crispin atterrit avec fracas contre le mur, tandis que la porte claque contre Storm. Les deux crient de douleur et je me fige, regardant Crispin s'effondrer sur le sol, du sang tachant le mur à l'endroit où sa tête s'est écrasée.

La porte s'ouvre à nouveau et Storm entre, furieux, cramponnant son nez en sang.

— À quoi tu joues, merde ? s'écrie-t-il en s'approchant de moi.

Frost et Arc sont derrière lui, ils m'observent, la mine sinistre.

— Crispin ! s'exclama Frost en le voyant étendu sur le sol, se précipitant pour s'agenouiller aux côtés de son ami. Crisp, tu m'entends ?

Il cherche son pouls tandis que je me tords les mains ; la glace inonde mes veines. Qu'est-ce que j'ai fait ? Je commence à frissonner, puis mon corps se met à trembler très légèrement. La glace atteint mon cœur, déjà froid, mais c'est une autre sorte de glace maintenant. C'est moi qui ai mis en place la couche actuelle. La nouvelle est hors de mon contrôle.

Cela me fait peur. Tout me fait peur.

Crispin gémit et Frost soupire de soulagement. Arc est agenouillé de l'autre côté de Crispin, mais je ne l'ai même pas vu bouger. Le monde qui m'entoure est devenu un rêve que je regarde, mais auquel je ne participe pas.

— Wyn ? appelle Storm de loin, en se rapprochant.

Le sang a cessé de couler de son nez, laissant derrière lui des traînées brunes.

— Wynter ?

Il n'utilise jamais mon nom complet. Pourquoi le faire maintenant ? Quelque chose monte en moi, une pression qui commence quelque part près de mon cœur. Une énergie glacée me traverse, et je tremble de plus en plus fort.

— Wyn, tes yeux brillent.

Vraiment ? C'est étrange. Un brouillard a envahi mon esprit, et j'ai du mal à rester concentrée.

Quelque chose me chatouille la main et je baisse les yeux : de minuscules étincelles grésillent autour de mes doigts, si belles. Je lève la main pour les regarder de plus près, et je constate que les étincelles se muent en plus gros éclairs.

— Wyn, arrête !

Mais pourquoi arrêterais-je une si jolie chose ? C'est comme la grotte étincelante de Blaze, mais en plus brillant et plus puissant.

— Frost, fais sortir Crisp d'ici. Tout le monde dehors, elle va encore s'enflammer !

Storm me regarde étrangement, comme s'il avait peur.

Y a-t-il quelque chose de dangereux avec nous dans la pièce ? Je la balaie du regard, mais il n'y a rien derrière moi. Ni monstres ni ennemis.

— Wyn, tu dois contrôler ta magie, dit Storm, et je sens l'urgence dans chacun de ses mots. Sans Crispin, nous ne pourrons pas la contenir.

L'intensité de sa voix me fait réfléchir, mais je ne sais plus comment utiliser ma magie. Elle est trop fuyante, trop puissante.

— Sors, murmuré-je avec difficulté.

J'ai du mal à former des mots, à m'accrocher à la réalité. Je veux juste lâcher prise, mais il faut d'abord que Storm s'éloigne de moi.

Je m'attends à ce qu'il refuse, mais il me fait un rapide signe de tête et quitte la pièce.

— Je vais chercher ta mère, lance-t-il au moment où il part en courant.

Enfin, je peux lâcher prise.

Des éclairs jaillissent de mon corps, s'abattent sur mon esprit et font disparaître tout ce qui s'y trouve.

CHAPITRE

TROIS

J e me réveille dans un endroit inconnu. Pourtant, ce n'est pas si mal.

Des étagères chargées de livres s'élèvent au-dessus de moi jusqu'à un haut plafond. L'air sent le parchemin et l'encre, cette belle odeur que l'on perçoit lorsqu'on ouvre un vieux livre.

Je m'assieds et je regarde autour de moi. J'ai l'impression d'être dans une sorte de bibliothèque, ou aux archives. Ces étagères sont immenses. Elles sont plus hautes qu'une maison et chaque centimètre est rempli de livres et de parchemins. Certains livres semblent sur le point de s'effondrer, d'autres sont tout neufs.

— Et qui voilà? demande une personne âgée à la voix rauque.

Je me lève et je me retourne. Je me retrouve face à un vieil homme à la barbe la plus longue que j'aie jamais vue. Elle descend plus bas que sa ceinture et elle retombe en boucles blanches et lisses. S'il n'était pas mince et élancé, il pourrait être le portrait craché de l'image que la plupart des enfants se font du père Noël.

Des yeux verts brillants me fixent à travers d'épaisses lunettes posées en équilibre sur le bout de son nez. Il me sourit, et, tout de suite, il me fait bonne impression. Son sourire est honnête et sincère.

— Qui êtes-vous ? lui demandé-je, et il sourit de plus belle.

— Où sont mes manières ? Je suis le bibliothécaire.

Je fronce les sourcils.

— Vous n'avez pas de vrai nom ?

— Si, mais cela n'a pas d'importance. Je suis le bibliothécaire, c'est tout ce qui compte. Et vous, qui êtes-vous, si vous me permettez de vous poser la question ?

Son sourire devient insolent, comme s'il jouait avec moi.

— Wyn… euh, Wynter. Où suis-je exactement ?

— Regardez autour de vous. N'est-ce pas évident ?

J'exprime à voix haute ce que je soupçonne depuis mon réveil.

— Suis-je encore dans la bibliothèque des vies ?

Il m'adresse un signe de tête approbateur.

— C'est exact. Puis-je vous faire visiter ?

Je regarde encore autour de moi avec étonnement. Pour quelqu'un comme moi, cet endroit est le paradis. La bibliothèque du palais fait pâle figure en comparaison.

— J'ai déjà visité la bibliothèque des vies, mais elle était très différente. Elle ressemblait davantage à… un bureau.

L'homme se met à rire.

— Vous étiez dans l'aile administrative. Ici, nous sommes au cœur de la bibliothèque, l'endroit où tout se met en place. Venez, je vais vous montrer.

Il s'engage le long d'un étroit couloir, s'attendant à ce que je le suive. Encore un peu étourdie, je me dépêche de suivre ses grandes enjambées. Je respire la belle odeur des vieux livres et à chaque bouffée, mon cœur s'allège un peu. Cet endroit est extraordinaire. Un rêve devenu réalité.

— La bibliothèque a la forme d'un cercle à vingt rayonnages. Nous sommes à l'âge des ténèbres, alors passons à quelque chose de plus moderne. Toutefois, j'adore lire sur la vie de certaines personnes de l'époque, dit-il en regardant avec nostalgie un livre devant lequel nous passons.

— Combien y a-t-il de livres ? lui demandé-je.

J'ai du mal à imaginer qu'il existe des livres datant d'il y a plusieurs siècles. Le bibliothécaire hausse les épaules.

— Je n'ai jamais compté, et il s'en ajoute de nouveaux chaque jour. Chaque fois qu'un enfant naît, un nouveau livre est créé. La bibliothèque leur fait de la place et, d'une manière ou d'une autre, elle nous permet de trouver ce dont nous avons besoin.

Je laisse passer un moment avant de demander :

— Cela signifie-t-il que tout le monde a un livre ici ?

— N'est-ce pas ce que je viens de dire ?

— Si, mais… il y a des milliards de gens. Comment tous ces livres peuvent-ils tenir dans une seule pièce, même aussi grande que celle-ci ?

L'homme éclate de rire.

— Vous pensez en termes humains. Ici, tout est possible. La bibliothèque n'est pas humaine, elle est bien plus que cela. Toutes les personnes qui ont jamais vécu ont un livre ici, et ils sont tous dans cette pièce. Nommez-moi quelqu'un au hasard, et je vous le prouverai.

— Wolfgang Amadeus Mozart.

J'ignore pourquoi j'ai choisi mon compositeur préféré, mais c'est sans doute aussi bien que n'importe qui d'autre.

Nous arrivons enfin à la fin de l'âge des ténèbres, et nous entrons dans un espace circulaire avec une table ronde au milieu, entourée de chaises en cuir. Sur le plateau se trouvent des tas de fiches à l'ancienne, certaines griffonnées, d'autres vierges. Des stylos traînent un peu partout, ce qui me fait penser qu'habituellement, des gens travaillent ici.

Le bibliothécaire prend une fiche vide et y écrit *Mozart* d'une écriture pleine de fioritures. Les lettres prennent une teinte argentée pendant un instant, puis une nouvelle ligne de texte apparaît.

Il remarque mon air confus et me fait un sourire.

— Cela nous évite de devoir chercher dans des rayonnages entiers. La bibliothèque nous indique où aller. C'est plutôt ingénieux.

Sans plus d'explications, il contourne la table et s'engage dans un nouveau passage, et je dois presque courir pour suivre ses grandes enjambées. Il ne tarde pas à s'arrêter devant une étagère en acajou foncé. Comme toutes les autres, elle plie sous le poids des livres qui y sont rangés.

Il passe un doigt sur la tranche des livres, jusqu'à trouver celui qu'il cherche. C'est un tome rouge relié, en cuir épais. Sur le dos, le nom de Mozart est estampé en or. Il me tend l'ouvrage avec un regard impatient.

—Ouvrez-le.

Je fais ce qu'il me demande et tourne la première page. Il n'y figure que ses dates de naissance et de mort, 1756 et 1791. Mais dès que je tourne la page suivante, cela devient plus intéressant.

Jour 1 : Naissance. Une affaire très désagréable. J'ai rencontré mes parents et ma sœur aînée.

Jour 2 : Baptême. J'ai beaucoup pleuré lorsque l'eau a touché ma tête.

Qu'est-ce que…

— C'est pour de vrai ? demandé-je au bibliothécaire qui jette un coup d'œil par-dessus mon épaule, en lisant la même chose que moi.

— C'est tout à fait vrai, oui. Nous écrivons tous notre livre de vie d'une manière différente. Certains le font comme ils rédigeraient un journal, d'autres sont comme des biographies à la troisième personne. Certains ne contiennent pas de mots, mais des dessins. Sautez quelques années.

Je tourne une cinquantaine de pages et soudain, les phrases se transforment en musique. Mozart ne pense plus en mots, mais en notes. Je feuillette les pages, émerveillée par son travail. Ce livre contient des symphonies entières.

— Est-ce la musique qu'il a écrite, ou quelque chose d'autre ?

Le bibliothécaire caresse sa longue barbe.

— Les deux, je crois. Je reconnais quelques morceaux, mais beaucoup ne me sont pas du tout familiers. C'est un livre étonnant, assurément. Bien plus facile à lire que ceux de Pythagore ou de Kafka, conclut-il avec un frisson.

— Est-ce que ce sont seulement les gens importants qui ont leur livre ici ?

Il fronce les sourcils.

— Mon enfant, vous n'avez pas écouté ? Tout le monde a un livre dans la bibliothèque, du paysan le plus ordinaire aux plus grands rois. Les dieux aussi. Il n'y a personne, vivant ou mort, qui n'ait pas son livre dans cette pièce.

— Même vous ?

— Même moi. Toutefois, nous ne sommes pas autorisés à consulter nos propres livres. Ils sont cachés, alors je n'ai jamais vu le mien.

— N'êtes-vous pas tenté de le lire ?

Il ricane.

— Pourquoi ? Je préfère vivre ma vie plutôt que de la lire après coup. Il est beaucoup plus important de vivre le présent que d'accomplir des actes qui susciteront l'admiration dans le futur. Non pas que quelqu'un puisse m'admirer. Je ne suis que le bibliothécaire.

J'ignore comment, mais je sais qu'il est bien plus que le simple gardien de cette bibliothèque. Il dégage une certaine aura qui me rappelle celle d'un dieu. Existe-t-il un dieu des livres ? Il faudra que je demande à ma mère.

Ce qui me fait penser…

— Ma mère en a-t-elle un ?

— Bien sûr, mais il est sous clé. La vie, les connaissances et les expériences de Beira sont bien trop dangereuses pour que les gens les lisent. Si vous voulez y jeter un coup d'œil, vous devrez lui demander la permission. Mais, avant de le faire, posez-vous la question de savoir si vous voudriez que quelqu'un lise votre propre livre.

J'y réfléchis rapidement. Non, bien sûr que non ! C'est trop personnel. Peut-être une fois que je serai morte, mais même là… Et puis, je suis un peu immortelle, maintenant. Ce qui m'amène à me demander pourquoi je suis dans la bibliothèque en ce moment. Je croyais que seuls les morts y venaient. Mais j'ai passé tous les tests la dernière fois que je suis venue, alors je ne suis sans doute pas morte.

Comment se fait-il que je ne me sois pas posé la question en me réveillant ? Ah, oui ! Les livres m'ont distraite. C'est récurrent chez moi.

— Suis-je morte ? lui demandé-je sans détour, et le bibliothécaire me sourit avec bienveillance.

Il a quelque chose d'un grand-père, qui me donne envie de le prendre dans mes bras.

— Seulement si vous choisissez de l'être, dit-il mystérieusement.

— Pourquoi ferais-je une chose pareille ?

— Certains immortels se lassent de vivre, alors parfois, ils ont le choix entre continuer leur vie ou mourir. C'est le seul moment où nous obtenons l'autorisation de consulter notre propre livre, ce moment où nous choisissons entre la vie et la mort. Bien sûr, les mortels n'ont pas le droit de prendre cette décision ; ils ignoreront donc toujours l'existence de ces livres.

Je me sens mal pour mes parents adoptifs, mes amis, bref, pour tous ceux que j'ai connus sur Terre. Ils vivent dans un monde sans magie, que j'ai connu, mais qui me semble aujourd'hui à mille lieues de moi.

— Cela signifie-t-il que je suis morte et que je peux être ranimée si je le souhaite ? lui demandé-je, essayant de comprendre ce qui se passe.

— Non, vous n'êtes pas morte. Pas encore, en tout cas. Pour l'instant, le temps est figé à l'endroit exact où vous pourriez mourir.

Ses yeux se fixent dans le vague un instant, puis son regard redevient vif.

— Il y a eu une explosion, n'est-ce pas ?

Je hoche la tête.

— Je crois que ma magie s'est enflammée. Je ne m'en souviens pas vraiment.

— Elle est sur le point de faire effondrer une partie du palais royal. Votre mère est en train de transporter tous les gens hors de la ville, mais vos barrières sont levées, de sorte qu'elle ne peut pas vous atteindre. Votre choix est simple : la laisser vous sauver, ou mourir.

— Mes gardiens sont-ils en sécurité ?

Il sourit avec indulgence.

— Tout le monde est en sécurité. Vous ne décidez pas de la vie de quelqu'un d'autre. Rien que la vôtre.

J'ai du mal à trouver une raison pour laquelle je ne voudrais pas vivre. Je suis heureuse, n'est-ce pas ? J'ai quatre hommes aimants, je suis en bonne santé, j'ai mes parents...

Attendez. C'est comme si j'étais soudainement plongée dans l'eau froide.

Comment ai-je pu oublier ? Ma mère est morte. Mon père est prisonnier de la Morrigan.

Je ne suis pas heureuse. J'étais triste, terriblement seule et remplie de haine.

Ces émotions ne sont plus que des échos ; cet endroit filtre tous les sentiments négatifs et ne laisse que les bons. C'est un peu comme les *sparklies* de Blaze, mais en moins faux. Je le vois bien maintenant. Les *sparklies* ne font que recouvrir les mauvaises choses d'une épaisse couche de douceur, mais en dessous, tout est encore là.

Ici, ce n'est pas du tout le cas. Je suis en paix, même si je sais ce qu'il s'est passé. Comme si j'étais éloignée de mes émotions.

Pour la première fois depuis des semaines, je peux penser rationnellement. Il n'est pas question de cette froide rationalité imposée que j'ai acquise en enfermant mon essence même. En tenant tout le monde à distance.

— Puis-je avoir un moment ? demandé-je au bibliothécaire et il me fait un signe de tête. Appelez-moi quand vous avez besoin de moi, ou une fois que vous aurez pris une décision.

Dès qu'il est hors de vue, je retourne en courant au centre de la pièce, où se trouve la grande table ronde. Je prends une des fiches et y griffonne à la hâte le nom de ma mère, en me mettant de l'encre partout sur les doigts.

La carte clignote et, un instant plus tard, une ligne de texte apparaît.

Rayonnage 19, 4ᵉ étagère à droite, 3ᵉ en partant du bas.

Je tourne en rond, à la recherche du bon rayonnage. Heureusement, chacune des allées de rayonnages qui s'éloignent de l'espace central est surmontée d'un panneau métallique.

Je trouve le numéro 19, et je la suis jusqu'à ce que je me retrouve devant la quatrième étagère. Le modèle est plus récent que celui où reposait le livre de Mozart, en bois de hêtre poli brillant. Je n'ai même pas besoin de chercher le bon livre, il brille et vibre dès que je m'en approche.

Il est bien plus fin que celui du musicien, mais il est doublé d'un tissu qui ressemble à de la soie bordeaux, ce qui le distingue des autres livres de l'étagère. Avec précaution, je le prends et l'ouvre à une page au hasard.

Il n'y a pas de mots, rien que des croquis, dans le style qu'elle utilisait pour planifier ses peintures. Des traits délicats, précis et volontaires. La première image que je vois est celle d'un bébé aux joues pleines et au grand sourire, couché sur un grand coussin. Je suppose que c'est moi. Ce devait être peu de temps après que j'ai été ramenée sur Terre et remise à mes parents.

Je tourne la page. Une autre image de moi, un peu plus âgée cette fois, rampant sur le sol, l'air très satisfait. Je souris en même temps que mes yeux se remplissent de larmes. S'il n'y a pas de mots dans le livre de ma mère, j'y sens malgré tout son essence. L'amour qu'elle éprouvait pour moi. L'amour qu'elle avait pour la vie. Elle était toujours pleine d'énergie et de bonheur.

Je fais défiler d'autres images de moi enfant jusqu'à ce que j'arrive à une représentation de mon père et elle. Ils sont assis sur un banc, main dans la main, et se regardent avec un amour indéniable dans les yeux. Je ne sais pas à quand remonte ce souvenir, mais cela n'a pas d'importance ; ce qui compte, ce sont les sentiments qu'ils éprouvaient l'un pour l'autre. Même après tant d'années passées ensemble, ils pouvaient encore vivre des moments comme celui-ci.

Le ventre noué, je tourne la dernière page. Il s'agit d'une

esquisse d'une pièce sombre ; la majeure partie du papier est remplie de traits de plume épais et précipités. Dans l'obscurité, la forme floue d'un homme qui me regarde droit dans les yeux. Ses yeux sont aussi remplis d'amour que sur l'image du banc. Mon père lui montre ce qu'elle représente pour lui. C'est sans doute la dernière chose qu'elle a vue avant que la Morrigan ne la tue. Au moins, il était là avec elle. Elle n'était pas complètement seule.

Je laisse glisser mes doigts sur la page. Je m'attends presque à ce que le dessin s'efface, mais il fait en quelque sorte partie de la page, l'encre pénétrant profondément dans le papier. Ressentant soudain le besoin désespéré de voir le visage de ma mère une dernière fois, je feuillette les pages, mais elle n'y est pas. Il y a des croquis de ses parents, d'une version plus jeune de mon père, beaucoup de moi, mais pas un seul dessin d'elle. Comme si elle ne se croyait pas assez importante pour figurer dans son propre livre. Elle a toujours été beaucoup trop modeste. Nous avons dû la persuader de montrer ses peintures dans une exposition, et même alors, elle ne croyait pas que les gens voudraient les voir. Ce n'est qu'en voyant qu'elles avaient toutes été achetées au cours de la première journée à la galerie qu'elle avait commencé à avoir un peu plus confiance en ses capacités. Mais même lorsqu'elle recevait des dizaines de commandes, elle conservait sa vision modeste et terre-à-terre de son art. Elle ne le faisait pas pour l'argent, mais parce qu'elle avait besoin de faire sortir la peinture de son corps, comme elle avait l'habitude de le dire. Je n'avais jamais vraiment compris cela jusqu'à ce que je voie le livre. Je sais maintenant ce qu'elle voulait dire.

Ma mère.

Une larme coule sur le visage de mon père et je sais ce qu'il faut faire. Je dois y retourner, je dois le retrouver et m'assurer qu'il est en sécurité. Et je dois dire à mes gardiens que je veux qu'ils me regardent de la même manière que mon père regardait ma mère, même après vingt ans de mariage. Je veux qu'ils soient à moi pour toujours. Je ne suis peut-être pas digne d'eux, mais je vais faire tout ce qui est en mon pouvoir pour guérir les blessures que j'ai causées entre nous ces dernières semaines.

Je me suis comportée comme une idiote.

Beira gouverne peut-être avec froideur et peu de sentiment, mais je ne suis pas elle.

Elle décline en même temps que le roi de l'Été, Angus, monte en puissance. Elle pense que je ne le sais pas, mais j'ai remarqué qu'elle avait moins d'énergie et qu'elle a l'air un peu perdue parfois.

Elle s'affaiblit. Sa méthode ne fonctionne pas. J'ai besoin de passion pour contrer Angus et la Morrigan, pas d'être froide et détachée du monde et de ceux qui m'aiment.

Et je n'ai certainement pas besoin de *sparklies*. C'est peut-être une bonne chose que Blaze soit parti. La tentation peut se révéler une petite créature maléfique qui vous attaque lorsque vous vous y attendez le moins.

— Monsieur le bibliothécaire ? l'appelé-je, et je remets soigneusement le livre de ma mère à sa place sur l'étagère.

— Oui, ma chère ?

Soudain, il se tient derrière moi, comme s'il avait surgi de nulle part. D'une certaine manière, cela semble probable.

— J'aimerais y retourner, s'il vous plaît. J'ai beaucoup d'affaires en suspens.

Il me sourit.

— Bien sûr. Y a-t-il d'autres livres que vous aimeriez consulter pendant que vous êtes ici ?

J'y réfléchis un instant. Il serait tentant pour moi de voir ce que mes gardiens pensent de moi. Ou je pourrais aussi consulter le livre de mon père, mais j'ai peur de voir ce qui lui arrive en ce moment.

— Pouvez-vous dire si une personne est morte ?

Il sourit à nouveau.

— Votre père est toujours en vie, ma chère. Mais vous le saviez déjà, n'est-ce pas, ici…

Il pointe sa poitrine, à l'endroit du cœur.

— Prête ?

Je hoche la tête.

— Ramenez-moi à la maison.

CHAPITRE
QUATRE

J e ne sais pas exactement ce qu'il s'est passé. Un instant, j'étais dans la bibliothèque, et celui d'après, j'étais de retour dans ma salle de bains, des éclairs sifflaient tout autour de moi, puis des bras souples autour de ma taille m'entraînaient dans l'obscurité.

Je suis maintenant à genoux sur le sol enneigé, et mon ventre est secoué de spasmes. Je ne suis pas faite pour la téléportation, ou quel que soit le nom que l'on donne à ce que ma mère vient de faire. La flaque de vomi devant moi en est la preuve.

Je m'essuie la bouche et me redresse en regardant autour de moi. De nombreuses personnes sont là, elles discutent en petits groupes, me jetant des coups d'œil méfiants. Nous nous trouvons dans la cour principale du palais, si grande que l'on peut y faire entrer le marché hebdomadaire tout en gardant de la place. Les chemins sont bordés de sculptures de glace représentant divers animaux. La plupart d'entre eux sont ceux que l'on peut trouver sur Terre, mais il y a aussi des licornes, des dragons et d'autres que je n'arrive pas à identifier.

Je me relève péniblement, me balançant un peu. J'ai dépensé beaucoup d'énergie et j'ai envie de me recoucher. Mais d'abord, je dois trouver mes gardiens. Je ne reconnais pas la plupart des gens qui m'entourent. Quelques-uns me semblent vaguement familiers, sans doute des gardes ou des domestiques. Ma mère n'est nulle part. Elle a dû me déposer ici et disparaître à nouveau. J'essaie de me convaincre qu'elle devait aller secourir d'autres personnes, mais peut-être est-elle en colère après moi. Je le serais, à sa place. Je suis furieuse contre moi-même. Je devrais être capable de maîtriser ma magie maintenant.

Je me retourne et regarde vers mes quartiers. Ils ne sont pas visibles depuis cette partie du palais, mais un panache de fumée est visible derrière certaines tourelles. J'espère que je n'ai pas causé trop de destruction. C'était déjà assez grave d'avoir brûlé la moitié de la maison de mes parents, mais maintenant, il semble que je sois passée aux palais. Vais-je ensuite m'attaquer aux villes ?

Alors que je m'étais enfin habituée à ma magie, elle recommence à m'effrayer. Je sonde la grotte de mon cœur. Ma magie est recroquevillée, dormant innocemment comme si rien ne s'était passé. Quel monstre ! Parfois, elle est mignonne, et elle fait ce que je veux, mais cela ne compense pas les fois où elle se déchaîne et manque de tuer des gens.

— Wyn !

Je me retourne à temps pour voir Frost courir vers moi, juste avant que ses bras ne m'attirent contre lui, et que je ne voie plus que la chemise bleu foncé contre lequel mon visage est plaqué. J'inspire profondément, et je me détends lorsque son parfum de brise marine emplit mes poumons. Il me fait toujours penser à une promenade sur la plage un jour de tempête.

— Wyn, murmure-t-il en cachant son visage dans la moitié restante de mes cheveux.

Il me serre fort contre son corps, si fort que c'en est presque douloureux. Ses mains parcourent mon dos sans douceur. Il me revendique, comme s'il voulait s'assurer que je suis bien là. Que je suis toujours à lui.

— Frost, dis-je d'une voix douce, me tortillant un peu pour lui faire comprendre que j'ai du mal à respirer.

J'ai beau aimer les câlins, me faire écraser la cage thoracique n'est pas à mon ordre du jour.

— Donne-moi une seconde pour en profiter, soupire-t-il dans mes cheveux, avant que tu ne redeviennes la princesse des glaces,

Est-ce ce qu'il pense de moi ? Que je suis sur le point de le repousser ?

Malheureusement, il y a encore peu de temps, il aurait eu raison. Avant la bibliothèque, j'aurais déjà fui, je ne l'aurais même pas laissé m'étreindre comme ça. Mais j'ai changé. Du moins, je l'espère.

J'aimerais me laisser aller à l'illusion que tout ira bien tout d'un coup, je suis trop rationnelle pour cela. Le chagrin et la soif de vengeance se disputent toujours la première place en moi. Je ne suis toujours pas sûre de pouvoir aimer mes hommes de la même manière qu'avant que la Morrigan ne tue ma mère. Il y a trop de ténèbres autour de nous pour que cela soit possible.

Une fois qu'elle sera vaincue, je pourrai peut-être passer à autre chose.

Non, ça n'arrivera pas. Je n'oublierai jamais comment ma mère m'a été enlevée. Je me suis retrouvée totalement impuissante, malgré toute la magie en moi.

Frost me serre plus fort encore, menaçant vraiment de me briser les côtes maintenant.

— Un... peu... serré, dis-je en grimaçant, et il réduit aussitôt son emprise sur moi.

— Désolé, murmure-t-il, refusant toujours de me laisser partir. Je n'étais pas sûr que tu t'en sortirais… Et quand j'ai vu l'expression de Sa Majesté… J'ai cru qu'il était trop tard.

Enfin, je remarque que je ne lui rends pas son étreinte. Sa présence, le souvenir de la bibliothèque qui tourbillonne encore dans mon esprit, me submergent. Je passe mes mains autour de sa taille, touchant les muscles durs de son dos.

— Je n'ai pas l'intention de te repousser, murmuré-je.

Je remarque alors qu'il n'a jamais dit qu'il s'attendait à ce que je le fasse. Mais c'était sans doute évident. Cela fait des jours que je ne fais que ça avec les garçons.

— Vraiment ?

Il me saisit par les épaules, et, ironiquement, il me repousse, rompant notre étreinte, jusqu'à ce qu'il puisse me regarder. Ses yeux bleus sont empreints d'émotion, la noirceur de ses iris éclipsant le léger vert qui se mêle habituellement au bleu.

— Tu le penses vraiment ?

Je hoche la tête. Je ne me sens pas tout à fait capable de parler. Son expression est difficile à déchiffrer : je ne sais pas si c'est du doute, du soulagement, ou quelque chose d'autre.

— J'ai besoin de l'entendre de ta bouche. Je ne suis pas certain de pouvoir y croire autrement.

Quelque chose en moi se brise. Qu'ai-je fait pour que mon gardien me dise une chose pareille ? Des larmes inondent mes yeux, des larmes que j'aurais dû verser il y a des jours.

— Je ne te repousserai plus, répété-je en chuchotant. Et je suis désolée pour ce que j'ai fait. Je me suis comportée comme une garce sans cœur.

Il rit doucement.

— Je suis d'accord, mais tu avais toutes les raisons de le faire.

Par-dessus son épaule, je regarde le panache de fumée qui monte toujours dans le ciel.

— C'est grave ? demandé-je à Frost, et il me rapproche à nouveau, jusqu'à ce que mon visage soit plaqué contre son torse.

Il m'empêche de voir la destruction que j'ai causée.

— Personne n'a été blessé. Ta mère les a tous sortis à temps. Je doute que cette aile du palais soit habitable de sitôt, à moins que Sa Majesté ne convoque tous les mages de la planète pour effectuer les réparations. Il n'y en a qu'une poignée ici pour le moment, les autres sont disséminés dans tout le royaume.

— Et Crispin ?

L'image de son corps effondré et inconscient jaillit dans mon esprit. Le filet de sang sur son front. Il est vivant, mon lien me le dit, et je suis sûre que Frost me l'aurait dit si c'était sérieux.

— Il va s'en sortir. La dernière fois que je l'ai vu, il était réveillé, mais il ne se souvenait pas de ce qu'il s'était passé. Le guérisseur s'occupe de lui, ne t'inquiète pas.

Je secoue la tête contre sa poitrine.

— Bien sûr que je m'inquiète ! J'aurais pu le tuer ! Je n'aurais jamais dû perdre le contrôle de cette façon, je devrais pouvoir me maîtriser maintenant. Comment pourrais-je être responsable de ce royaume si je ne peux même pas protéger mes propres hommes de moi-même ?

Je déteste avoir l'air de geindre et de manquer de confiance en moi, et je déteste encore plus les larmes qui trempent la chemise de Frost. Je dois me montrer forte : pas la Wyn glaciale que j'étais jusqu'à tout à l'heure, mais la Wyn normale, confiante et inébranlable. La Wyn qui a affronté toute une armée de démons.

— Arc a une théorie, dit Frost lentement. Il pense que les *sparklies* de la licorne ont affaibli tes barrières et t'ont empêchée de contrôler ta magie. Ces derniers jours, tu n'as pas beaucoup utilisé tes pouvoirs ; ils se sont accumulés et pressés contre tes barrières, comme un lac endigué, jusqu'à ce que la pression devienne trop forte.

— Foutus *sparklies* ! marmonné-je maudissant à la fois la licorne de me les avoir donnés, et moi-même de les lui avoir demandés.

Frost laisse échapper un rire sec.

— Oui, foutus *sparklies*. Dès que Blaze reviendra, je dévisserai sa corne pour qu'il ne puisse plus jamais t'en donner.

— Tu crois qu'il est parti pour de bon ?

— Je ne sais pas. Il a déjà disparu avant, mais en général, il revient quand quelqu'un a besoin de lui. Enfin, nous, parce que je ne crois pas qu'il connaisse beaucoup de gardiens. Ou de princesses.

— Comment vous a-t-il aidés ?

Frost devient silencieux et sa respiration s'accélère légèrement. J'entends son cœur qui bat plus vite, et je regrette aussitôt d'avoir posé cette question. Je n'ai pas le droit de lui poser des questions personnelles après ce que j'ai fait. Je dois d'abord reconstruire quelques ponts. Il me faudra du temps pour comprendre à quel point j'ai abîmé notre relation. Surtout avec Crispin. Bon sang, j'ai failli le tuer ! Je le comprendrais s'il ne me pardonnait jamais pour ça. Même si, bien sûr, j'ai envie qu'il le fasse. Il est à moi, mon Crispy, mon gardien.

Le silence inconfortable qui règne entre nous est rompu par un cri.

— Princesse !

Frost me lâche et je recule. Tamara court vers nous, sa jupe serrée dans ses mains pour courir plus vite.

Elle ne dit rien avant de nous avoir rejoints, et même alors, elle ne fait que chuchoter.

— Sa Majesté ne va pas bien ! Vous devez venir, maintenant.

MA MÈRE EST ALLONGÉE sur son lit, pâle et fragile. Elle est encore habillée et chaussée de bottes, comme si elle n'avait pas eu l'énergie de se glisser sous les couvertures.

Cela me rappelle la nuit où un assassin a failli la tuer à l'aide d'un couteau de l'Été, forgé par le roi Angus. Il est le seul à être assez fort pour la tuer… du moins, c'est ce que je pensais. En ce moment, elle a l'air d'être gravement malade. Presque à l'article de la mort.

— Maman ? demandé-je avec précaution, m'approchant de son lit.

Elle ouvre les yeux, mais elle semble avoir du mal à les garder ouverts. Ses paupières battent et ses pupilles sont dilatées.

— Wyn, râle-t-elle.

Sa voix n'a rien de son habituel son alto fort et froid.

— Que s'est-il passé ? demandé-je à Tamara, pour éviter de faire parler ma mère.

— Elle a dépensé trop d'énergie pour sauver tout le monde, puis pour traverser l'orage et vous sortir de là.

Il n'y a pas d'accusation dans sa voix, rien que des faits concrets et honnêtes. Cela reste malgré tout douloureux.

— A-t-on appelé un guérisseur ? demandé-je d'une voix douce, m'asseyant sur le lit.

Je prends délicatement la main de ma mère. Elle est froide, comme toujours, mais sa prise est faible.

— Il ne peut rien faire. Elle a besoin de temps pour retrouver ses forces, mais maintenant que l'hiver est presque terminé, il lui est de plus en plus difficile d'utiliser ses pouvoirs. Cela peut prendre des jours, voire des semaines.

Je serre plus fort la main de ma mère. C'est moi qui lui ai fait ça. Elle a dû sauver ces gens parce que je les avais mis en danger.

— Il n'y a rien que je puisse faire ? J'ai de la magie, puis-je lui en donner un peu ? Je suis sa fille, nous sommes sûrement compatibles.

— Cela ne fonctionne pas comme une transfusion sanguine, dit quelqu'un.

Je me retourne brusquement, me jetant sur Crispin que je serre contre ma poitrine.

— Tu vas bien !

Je laisse échapper un son à mi-chemin entre un rire et un cri, mes émotions se bousculent. Je me souviens alors qu'il est peut-être blessé et je recule rapidement pour vérifier que ce n'est pas le cas. Comme je ne vois pas de blessure, je me sers de ma magie pour scruter son corps, mais il semble qu'il soit complètement guéri.

— Je vais bien, confirme-t-il d'une voix terme, et mon rire s'éteint.

Il est en colère contre moi. Non, pas en colère, il est furieux. Ses yeux flamboient, et je recule d'un pas sans pouvoir m'en empêcher.

Son expression s'adoucit légèrement avant qu'il ne prenne un air plus professionnel. Il est le guérisseur, à cet instant, pas mon gardien. Pas l'homme que j'ai failli tuer tout à l'heure.

— Votre Majesté.

Il s'approche du lit de ma mère et prend la main que je tenais avant qu'il n'entre dans la chambre. Beira ouvre lentement les yeux et regarde autour d'elle.

— Wyn, murmure-t-elle, presque inaudible.

— Je suis là, dis-je rapidement avant qu'elle ne s'épuise davantage.

Je contourne le lit pour me placer en face de Crispin. Il passe une main au-dessus du ventre de ma mère, les yeux fermés. Il doit rechercher des blessures ou des faiblesses. Je n'ai même pas besoin d'utiliser ma propre magie pour savoir que ma mère n'est pas blessée. Son énergie a presque entièrement disparu, et cela semble avoir un effet bien plus important sur elle que sur n'importe qui d'autre. En tant que déesse, peut-être est-elle plus dépendante de la magie ? Est-ce qu'elle la maintient en vie ? Est-ce qu'elle l'alimente ?

Je pose les mains sur le bras pâle de ma mère, et j'imagine des fils magiques partant des miens et qui pénètrent dans son corps. Avant même que je puisse les envoyer à travers sa peau, quelque chose m'arrête. Un obstacle, une barrière, qui m'empêche de l'atteindre.

— Je te l'ai dit, ce n'est pas comme une transfusion sanguine où l'on peut simplement envoyer de la magie à quelqu'un, répète Crispin, mais beaucoup plus gentiment cette fois. On peut siphonner la magie en cas d'urgence, comme nous l'avons fait avec toi lors de tes premières éruptions, mais tu ne peux pas donner ta propre magie à quelqu'un d'autre. Elles sont incompatibles ; cela créerait le chaos et même la mort. Elle devra se rétablir toute seule.

— Il a raison, murmure Beira. Tu ne peux pas m'aider de cette manière, mais j'ai besoin de ton aide pour autre chose. Je ne peux pas gouverner comme ça. Je vais rester clouée au lit pendant des semaines.

Je réfrène un halètement. Ma mère est la personne la plus puissante que je connaisse. Enfin, personne, être vivant, déesse, peu importe. Elle a été un peu plus faible ces derniers temps, certes, mais qu'elle reste dans son lit aussi longtemps… cela n'a pas de sens. Est-ce l'effet que l'été lui fait ?

— Est-ce normal ? demandé-je, me sentant très naïve.

— Non, répond Crispin à la place de ma mère. Elle est

toujours plus faible au printemps et en été, avant de reprendre des forces à l'automne, mais même au beau milieu de l'été, elle a encore davantage de magie qu'elle ne semble en avoir pour le moment.

Il s'éclaircit la gorge et ajoute rapidement :

— Mes excuses, Votre Majesté, d'avoir parlé de vous ainsi. Vous devez économiser vos forces, alors il vaut mieux que vous ne parliez pas trop.

Je suis étonné de voir à quel point il est audacieux avec Beira. Aussi rebelles que mes hommes aiment à paraître en privé, ils ont tous un énorme respect pour leur reine, et ils lui parlent généralement avec révérence. Pour que Crispin s'adresse à elle ainsi, il doit vraiment craindre qu'elle ne dépense trop d'énergie en discutant avec moi.

— Elle a utilisé une quantité massive de magie pour empêcher le palais de s'effondrer pendant qu'elle secourait les gens dans l'aile où tu te trouvais. En temps normal, elle la conserve au printemps pour en avoir un peu en réserve en été. Aujourd'hui, elle n'en a presque plus, et comme l'hiver est presque terminé, il lui faudra plus de temps pour se régénérer.

L'énormité de tout ça me rend malade. Avec Beira aussi faible, le royaume est virtuellement sans défense. La Morrigan est tapie dans l'ombre, Angus déplace ses troupes au vu et au su de tous, et les apparitions de démons deviennent monnaie courante. Nous avons besoin de notre reine pour nous protéger. Si nous n'avions qu'un seul ennemi, nous pourrions réussir sans elle, mais nous en avons plusieurs, et tous sont puissants.

— Wyn.

Je me tourne vers ma mère qui pose sur moi un regard qui est loin d'être aussi perçant que d'habitude ; ses paupières sont lourdes.

— J'ai besoin que tu prennes le relais. J'ai besoin que tu gouvernes.

LA REINE DE L'HIVER

— J'ai besoin que tu prennes le relais. J'ai besoin que tu gouvernes.

CHAPITRE
CINQ

es hommes m'attendent dehors, et je tombe dans leurs bras, les laissant me réconforter par leur simple contact.

Crispin reste avec ma mère pour le moment. C'est sans doute mieux ainsi, je ne sais pas quoi lui dire. Désolée d'avoir failli te tuer ? Désolée de t'avoir fracassé le crâne ? Ça n'a pas l'air terrible.

Arc me serre fort dans ses bras, me plaquant contre son torse, tandis que les deux autres me tiennent par-derrière. Ils m'entourent, et je suis tentée de me laisser aller, de laisser mes sentiments prendre le dessus, et les laisser me soutenir. Mais je ne peux pas. Ma mère m'a demandé de gouverner. Je suis la princesse, et, pour une fois, je dois me comporter comme telle.

Pourtant, je savoure le contact de mes hommes et je ne les repousse pas. Au contraire, je me fonds dans l'étreinte d'Arc, me blottissant contre le tissu doux de sa chemise, sentant la dureté de ses muscles. Je ne peux pas résister : je tire le vêtement de son kilt et je glisse mes mains en dessous, touchant son dos nu.

Il grogne doucement, et son torse vibre contre ma poitrine. Mes mamelons durcissent sous l'effet de la sensation. Ce n'est vraiment pas le lieu, mais je ne peux pas m'arrêter. Je lève la tête et je vois qu'Arc m'attendait. Ses lèvres s'écrasent sur les miennes. Il n'attend même pas que j'ouvre la bouche, sa langue appuie déjà contre elle, prête à entrer. Je serre ses hanches, l'attirant plus près, son entrejambe se pressant contre mon ventre. Il devient dur au moment où je sens des picotements se répandre entre mes jambes.

— Trouvons une chambre, propose Frost en riant.

J'adore le fait qu'il imagine automatiquement que nous allons tous les trois être ensemble. Peut-être Crispin, s'il veut se joindre à nous, mais j'en doute.

Avec une pointe de regret, je romps le baiser, mais Arc grogne quand je le fais.

— Ne t'arrête pas, marmonne-t-il en me soulevant dans ses bras, en même temps que ses lèvres se posent à nouveau sur les miennes.

Je souris et lui rends son baiser. Mon cœur bat plus vite à l'idée de ce qu'il va se passer.

C'est la première fois que j'embrasse l'un d'entre eux depuis la mort de ma mère. Devrais-je faire ça ? Ma mère est morte, et mon autre mère est allongée dans la pièce voisine, trop faible ne serait-ce que pour s'asseoir.

Puis je me dis que oui, je devrais le faire. J'ai un lien à reconstruire. Quatre liens, en fait. J'ai besoin de mes hommes pour les jours et les semaines à venir, et pas seulement. J'ai besoin de me sentir à nouveau vivante.

Arc me porte quelque part, mais j'ai les yeux fermés, et tous mes sens sont concentrés sur notre baiser. Il est magique. Nos langues dansent et en même temps, ses mains agrippent mes fesses, les pétrissent tout en me tenant dans ses bras.

— À mon tour.

Une voix bourrue vient briser le bonheur passionné qui occupe mon esprit, et en mordillant une dernière fois sa lèvre inférieure, je romps le baiser et tourne la tête vers Storm. Apparemment, nous sommes entrés dans une chambre, mais je me moque totalement de l'endroit où nous sommes. Sans crier gare, les lèvres de Storm se posent sur les miennes, poursuivant ce qu'Arc a commencé.

Des mains agrippent mes hanches, et on m'arrache à ses bras, mais je suis trop occupée à explorer la bouche de Storm pour protester.

On me repose sur mes pieds et, cette fois, je suis sur le point de me plaindre, la chaleur de l'étreinte de mon gardien me manque déjà. Mais quelqu'un glisse ses mains sous ma chemise, jusqu'à ce qu'elles se posent sur mon ventre. L'odeur de la brise marine m'emplit les narines avant que les lèvres de Frost n'effleurent ma nuque.

Il dépose de minuscules baisers sur ma peau, et la chair de poule descend le long de ma colonne vertébrale pour se nicher au creux de mon ventre. Dans le même temps, Arc se débat avec mon bas de pyjama, essayant d'ouvrir le nœud du cordon qui le retient. Je ne m'étais même pas rendu compte que j'étais encore en tenue de nuit, mais, bien sûr, je n'ai pas eu l'occasion de me changer depuis mon réveil. Je crois que je ne porte pas non plus de sous-vêtements. Je rougis à l'idée qu'ils m'aient déshabillée après m'avoir ramenée de la grotte de Blaze. Quel dommage que j'aie été inconsciente ! Cependant, je n'aurais pas apprécié leurs attentions à ce moment-là. Mais maintenant, oui.

Arc est devenu trop impatient et un instant plus tard, il déchire mon pyjama. Mon idiot de gardien. Mon gardien torride. Mon pantalon déchiré tombe sur le sol et forme une flaque autour de mes chevilles. Puis ses lèvres se posent sur ma fesse droite, mordillant ma peau sensible, et je gémis contre la bouche de Storm.

Ils m'embrassent tous en même temps et c'est presque trop dur à supporter.

Arc serre mes cuisses des deux côtés, tirant mes hanches en arrière pour avoir un meilleur accès à mes fesses nues. Frost remonte ses mains, abandonnant mon ventre pour frôler mes seins. Il est lent, beaucoup trop lent, et je gémis encore ; je veux ses mains *sur* ma poitrine.

— Pour qui gémis-tu, princesse ? demande Frost d'un ton séducteur, passant un doigt sur la peau juste en dessous de mon sein.

Des picotements se répandent dans tout mon corps et mes jambes commencent à trembler. Chacun de mes quatre gardiens est intense, et ensemble, ils sont incroyables. Bouleversants. Fantastiques. Enfin, Frost saisit mon mamelon gauche entre son pouce et son index et le presse doucement.

— Tu aimes ça ?

Quel idiot ! Qui n'aimerait pas ?

Arc choisit ce moment pour glisser un doigt en moi par en dessous, et cette fois, mes jambes se dérobent vraiment. Si Storm ne me tenait pas, je me serais effondrée sur le sol en une flaque de plaisir.

— Ou bien, tu préfères ce que fait Arc ?

Frost me taquine, mais le baiser de Storm m'empêche de répondre. Mes mamelons durcis et mes gémissements devraient constituer une réponse suffisante. Storm grogne. Apparemment, il est mécontent de n'avoir pas encore été mentionné. Frost ricane et prend mon autre mamelon entre mes doigts, en le serrant plus fort cette fois.

— À moins que ce soit Storm qui te fasse gémir ?

Ironiquement, c'est à ce moment que ce dernier choisit de rompre le baiser, me laissant pantelante. Mes lèvres sont enflées et me picotent, impatientes de recevoir encore plus d'attention de la part des garçons. Il en est de même pour le reste de mon corps. J'ai besoin d'eux tous, de leurs caresses, partout.

— Oui, c'est moi, dit Storm d'une voix qui n'admet aucune protestation.

Il me soulève, m'éloignant des deux autres. Je m'apprête à protester, mais je m'interromps quand il m'allonge sur un lit et qu'il retire son jean. Nous devons être dans l'une des chambres d'amis. Je lève la tête et je le vois baisser son boxer, dévoilant son membre durci. Si j'avais cru être moite avant, ce n'était rien à côté de maintenant.

J'écarte les jambes, prête à l'accueillir.

— Pourquoi est-ce que mon frère passe toujours en premier ? se plaint Frost en plaisantant, mais il arrive trop tard.

Avec une lenteur surprenante, Storm se plaque contre mon intimité, me laissant un moment pour me préparer, avant de se glisser doucement en moi. Je devrais être habituée à sa taille maintenant, mais à chaque fois, j'ai l'impression d'être aussi étroite qu'une vierge quand il me prend. Il me laisse le temps de m'adapter, posant sur moi des yeux remplis d'amour et de désir. Je n'aurais jamais imaginé qu'un jour, un homme me regarderait ainsi. Pourtant, maintenant, j'en ai quatre.

Arc est assis sur le lit de l'autre côté, nu lui aussi, et également très, très prêt pour moi. Je tends une main et saisis son sexe. Il gémit et ajuste sa position pour qu'elle soit plus confortable pour nous deux. Frost s'agenouille près de mes hanches, ses genoux touchent ma peau. Ce simple contact accidentel fait s'enflammer ma peau. Il est censé être le gardien de l'eau, mais son contact est plein de chaleur.

Il se penche en avant et prend mon mamelon droit dans sa bouche, le suce fort. Je halète : la douleur se mêle au plaisir, et il prend cela comme un encouragement à recommencer. D'une main, il masse mon sein tandis que l'autre est descendue plus bas et caresse doucement mon bourgeon, envoyant de minuscules ondes de choc au plus profond de moi, et mes parois intimes se contractent autour de Storm.

Ses coups de reins se font de plus en plus puissants maintenant qu'il s'est assuré que je pouvais l'accueillir. Chaque fois qu'il s'enfonce en moi, je fais glisser ma main le long du membre d'Arc, dont les gémissements se mêlent aux miens.

Storm agrippe mes cuisses et les remonte, élargissant ainsi son accès. Ses yeux sont mi-clos, il respire fort, comme moi, comme les autres. Nous sommes tous unis dans ce plaisir qui nous éloigne de la réalité et nous plonge dans un état de distance bienheureuse de nos devoirs et de nos soucis.

— Qu'es-tu en train de me faire ? s'écrie soudain Storm.

Choquée, je le regarde, me demandant si j'ai fait quelque chose de mal.

Mais il me sourit en voyant ma confusion.

— Je pensais avoir de l'endurance, mais tu… Je ne peux pas tenir plus longtemps.

— Alors, laisse-toi aller, lui murmuré-je d'une voix rauque. Ne te retiens pas.

Il plonge dans mes yeux, ses pupilles réduites à des têtes d'épingle entourées de feu. Puis il acquiesce, comme s'il nous accordait la permission, et il plonge à nouveau en moi d'un coup de reins brutal. Je cambre le dos et serre fermement le membre d'Arc.

Soudain, Frost saisit mon autre main, et il me tient pendant que son frère me prend. Storm abandonne vraiment toute retenue, agrippant si fort mes cuisses que c'en est douloureux.

Mais c'est une douleur agréable. Je l'accueille, parce qu'elle se mêle aux sensations des trois gardiens qui prodiguent leurs attentions à mon corps. Ils l'aiment. Ils m'aiment.

Sur un dernier coup de reins, Storm jouit en moi ; mon sexe frémit et se contracte autour de lui. Il relâche mes jambes, mais reste en moi, frémissant à son tour. Il m'observe avec une expression étrange, mais avant que je puisse y réfléchir, il se penche et me soulève, posant ses lèvres sur les miennes. Son goût est salé par les petites perles de sueur qui se sont accumulées au-dessus de sa lèvre supérieure. D'une certaine manière, c'est encore mieux.

Je l'embrasse fort, je l'entoure de mes bras, je le serre contre moi.

— Je n'étais pas sûr que… murmure-t-il en rompant le baiser.

Il s'interrompt, mais je devine ce qu'il veut dire. Je les ai repoussés et ils ont dû douter que je les laisse entrer à nouveau. Il est temps de prouver que ce côté particulier de moi a disparu, et qu'il ne reviendra pas.

— Embrasse-moi, lui demandé-je.

Non, je l'exige. Il me lance un regard surpris, mais il fait ce que je lui ai dit. Je laisse ma langue glisser dans sa bouche, passer le long de ses dents avant d'intensifier le baiser et de prendre possession de lui. Je mets tout l'amour que je ressens pour lui dans ce baiser, je lui montre exactement ce qu'il représente pour moi. Et combien ils comptent tous pour moi. Je ne vais pas les laisser partir.

Arc gémit, et je me rends compte que ma main est toujours enroulée autour de son membre, mais j'ai arrêté de le caresser. Je joue une dernière fois avec la langue de Storm avant de rompre le baiser et de me laisser retomber contre le matelas.

— Je crois qu'Arc a besoin d'être soulagé, dis-je en gloussant et Storm recule, me laissant un sentiment de vide.

Mais pas pour longtemps. À toute vitesse, Arc a fait le tour du lit, et il a pris la place de Storm entre mes jambes. Cette fois, il m'est facile de l'accueillir, maintenant que mon autre gardien m'a étirée.

Pourtant, un gémissement m'échappe alors qu'il me comble parfaitement, allant encore plus loin que Storm. La bouche de Frost revient sur mes mamelons, mais cette fois, je pousse ses hanches jusqu'à ce qu'il me donne accès à son membre. Je m'attendais à sentir du tissu, mais à la place, il n'y a qu'une peau lisse et veloutée. Quand s'est-il déshabillé ? Était-il nu tout ce temps ?

Je commence à le caresser doucement, comme je l'ai fait pour Arc. Je lève la tête et je vois Storm qui nous observe avec un sourire satisfait. On dirait qu'il est de nouveau dur. Mais j'ai deux autres hommes à satisfaire d'abord. Nous pourrons alors recommencer depuis le début.

Arc plonge en moi, le visage et le torse rougis. Avec ses cheveux roux, il est adorable. Si seulement il portait encore son kilt ! Un jour, il faudra que je lui demande de le faire. Je veux vivre toute l'expérience de l'Écossais sexy.

Mais, pour l'instant, je suis heureuse de le sentir bouger en moi, d'entendre les bruits qu'il fait, d'éprouver cette euphorie qu'il me procure. Lorsqu'il jouit, il m'entraîne avec lui ; je me contracte, et notre lien devient plus intense. Alors que je suis encore plongée dans la fièvre de mon extase, Frost prend la place d'Arc, en commençant lentement, entamant un va-et-vient à un rythme régulier.

Arc s'allonge à côté de moi et ses lèvres rejoignent les miennes, m'embrassant avec avidité tandis que ses mains jouent avec mes seins.

Storm se joint à nous de l'autre côté.

— Ne nous quitte plus jamais, murmure-t-il alors que son

frère me donne ses derniers coups de reins, et que mon corps commence à trembler sous l'effet d'un autre orgasme. Tu n'imagines pas ce que cela nous fait quand tu n'es pas là.

Je hoche la tête, rompant le baiser avec Arc. Il gémit de déception, mais je l'ignore pour le moment.

— Plus jamais, leur promets-je. Je suis à vous.

SIX

La réalité me rattrape bien trop vite. J'ai réussi à dormir quelques heures après m'être épuisée avec mes hommes, mais dès que je me réveille, je sais qu'il est temps de prendre mes responsabilités.

Juste avant que je m'endorme, Tamara est venue m'informer que l'état de ma mère n'avait pas changé. Je me sentais coupable de ne pas être à son chevet, mais à quoi bon ? Il était bien plus important de rétablir les liens avec mes gardiens, dont l'aide m'est plus que jamais nécessaire.

Je dois gouverner, et j'ignore totalement comment le faire. J'ai essayé d'en savoir plus sur le royaume, sur la façon dont ma mère fait fonctionner les choses, et comment elle gère son conseil. J'ai assisté à la plupart des sessions, ce qui m'aidera certainement. Je les connais tous, et je connais certaines de leurs faiblesses et de leurs forces. Je suis sûr que certains membres du conseil ne verront pas d'un bon œil que je prenne la relève pendant que Beira est souffrante.

Theodore, le médecin, et Magnus, le trésorier, ne sont pas

mes plus grands fans. Ils me considèrent sans doute comme une menace pour leur propre pouvoir. Heureusement, Tamara, Gwain et Ada sont de mon côté. Je ne suis pas tout à fait sûre pour Algonquin et Zephyr, mais je sais que si l'un d'entre eux me soutient, l'autre suivra.

En fin de compte, ils devront tous respecter la volonté de ma mère, mais c'est à eux de décider s'ils se faciliteront la tâche ou s'ils la rendront plus difficile. Nous sommes en guerre, et nous n'avons pas de temps à perdre en querelles intestines. J'espère que ces hommes ne sont pas trop enfermés dans leurs traditions pour s'en rendre compte.

— Prête pour aujourd'hui ? me demande Frost d'un ton doux quand il voit que je suis réveillée.

Je suis prise en sandwich entre lui et son frère, et Arc a passé le bras par-dessus Storm pour pouvoir poser sa main sur ma hanche. Quand je me concentre, je sens un filet d'énergie circuler entre nous quatre. Notre lien.

J'ignore où se trouve Crispin. Il est peut-être encore avec ma mère. Il ne nous a pas rejoints la nuit dernière, alors que le lit aurait été assez grand pour l'accueillir. Mais il a le droit d'être en colère contre moi. Rien n'excuse ce que j'ai fait. J'aurais dû garder le contrôle, même si les *sparklies* de la licorne embrouillaient mon esprit.

Frost m'attire contre lui, et je me souviens qu'il m'a posé une question ;

— Je ne dirais pas que je suis prête. Je ne pense pas être préparée à cela, mais je ferai ce que l'on attend de moi, et j'essaierai de remplir le rôle de ma mère le mieux possible.

— Tu parles comme une vraie princesse, me dit-il en souriant avant de m'embrasser sur la joue. Storm sera avec toi au conseil. Tu ne seras pas seule.

— Et vous ?

Il rit.

— Nous serons occupés à préparer la guerre.

❄

AVANT DE QUITTER LA PIÈCE, j'enroule un foulard coloré autour de ma tête pour cacher ma calvitie. Je vais bientôt devoir trouver une meilleure solution, mais je n'ai pas le temps pour l'instant. Un foulard fera l'affaire. Et, sans surprise, mon nouveau statut de demi-déesse me rend belle, même avec ça sur la tête.

Lorsque j'arrive à la salle du conseil, Gwain m'attend à l'extérieur. Le maître d'armes semble désemparé, et il arbore une expression que je ne lui ai jamais vue auparavant.

— Votre Altesse… un mot ?

J'acquiesce et il me conduit dans un couloir, à l'écart du conseil. Lorsque nous sommes hors de portée de voix des nobles curieux, il s'arrête et me regarde d'un air peiné.

— Ada a disparu.

— Quoi ?

Ada est son second, une femme qui possède son propre harem de gardiens. La dernière fois que je l'avais vue, c'était avec le dragon prisonnier dans les donjons. Elle était chargée de l'interroger, mais même elle n'avait pas réussi à obtenir grand-chose du métamorphe.

— Elle est partie hier soir. Elle a laissé un message…

Irritée, je fronce les sourcils.

— Hier soir ? Pourquoi n'en entends-je parler que maintenant ?

Il s'agite d'un pied sur l'autre, mal à l'aise.

— Tamara m'a demandé d'attendre jusqu'à aujourd'hui pour vous en informer, elle a dit que vous étiez occupée.

C'est maintenant à mon tour d'avoir l'air mal à l'aise. J'étais

75

en effet très occupée… à explorer le corps de mes gardiens. Pourtant, je me serais rendue disponible pour quelque chose d'aussi important.

— Qu'y a-t-il sur le message ? lui demandé-je brusquement, et il sort un papier plié de la poche de son gilet.

Je tends la main pour le prendre, mais c'est lui qui le déplie.

— C'est écrit en code, Votre Altesse. Alors même que je connais le cryptogramme, je ne peux pas en tirer grand-chose. Elle dit qu'elle doit partir, qu'elle doit faire quelque chose qui contribuera à l'effort de guerre. Elle ne précise pas quoi. Il y a plusieurs phrases dans lesquelles elle s'excuse et où elle espère que nous ne la traiterons pas comme une traîtresse.

— Pourquoi ferions-nous cela ? Nous pourrions la considérer comme une déserteuse, peut-être, mais une traîtresse ?

Gwain s'éclaircit la gorge.

— Ada n'est pas partie seule. Elle a emmené le prisonnier. Le dragon.

La colère m'envahit.

— Et vous n'avez pas songé à m'en informer ?

J'avais espéré que le maître d'armes me soutiendrait, qu'il verrait en moi une digne héritière. Au lieu de cela, il n'a même pas pris la peine de m'informer qu'un prisonnier s'était évadé.

— Nous n'avons fait le lien qu'il y a une heure lorsque les gardes m'ont dit que le dragon avait disparu, explique-t-il avant de marquer une pause, l'air grave. Je me demande s'il n'a pas réussi à l'ensorceler d'une manière ou d'une autre. À la manipuler. Nous ne savons presque rien des pouvoirs que possèdent les dragons, et il serait tout à fait possible qu'il l'ait fait partir.

Il a raison. Au moment de la capture du prisonnier, Algonquin nous a fourni tous les livres de la bibliothèque royale au sujet des dragons. Il n'y en avait pas beaucoup et la plupart d'entre eux étaient basés sur des légendes ou des ouï-dire, pas sur des faits.

— Et ses hommes ? demandé-je.

— Partis.

— Alors je doute qu'on l'ait manipulée pour qu'elle parte. Elle devait avoir de bons arguments pour qu'ils s'en aillent avec elle. Le dragon qui la convainc, peut-être, mais les trois hommes aussi ? Non, je pense qu'elle doit avoir une bonne raison, conclus-je avec un soupir. Partons-nous à sa recherche ?

— En temps normal, je dirais oui, mais en ce moment, nous avons davantage besoin de nos soldats ici, et sur nos avant-postes, répond-il, se raclant à nouveau la gorge. Je propose que Storm prenne sa place. Je sais qu'il est le chef de votre garde personnelle, mais vous avez trois autres hommes pour vous protéger. Nous avons besoin de son expertise et de son autorité.

Pour être honnête, j'avais déjà prévu de donner à Storm un rôle plus important au sein du conseil. Cela pourrait s'avérer très pratique. Ce qui ne m'empêche pas d'être contrariée par le départ d'Ada. Nous avions eu quelques discussions sur le fait d'être dans une relation avec plusieurs hommes à la fois, et nous avions noué un début d'amitié.

Un gong retentit dans le couloir, signalant que la session du conseil est sur le point de commencer.

— Autre chose ? demandé-je à Gwain, me préparant mentalement à d'autres mauvaises nouvelles.

— Non, rien qui ne nécessite votre attention personnellement.

— Bien, alors finissons-en.

Je me retourne et longe le couloir à grandes enjambées, le laissant derrière moi. Je me sens soudain comme une vraie princesse, forte, confiante et quelque peu impitoyable.

Tout le monde est présent, à l'exception de Theodore. Il

s'occupe de ma mère pour que Crispin puisse se reposer. Je me note d'aller voir mon gardien guérisseur après cette réunion, pour voir s'il va bien. Cela a dû être épuisant de rester avec Beira toute la nuit. Peut-être que cela l'a rendu encore plus rancunier à mon égard. Je soupire intérieurement. Encore des problèmes à résoudre. Comment suis-je parvenue à briser autant de choses en une seule semaine de chagrin et de folie ?

Au lieu de me diriger vers ma place habituelle, à côté de ma mère, cette fois, je prends le siège en bout de table, celle qui ressemble presque à un trône. Elle est étonnamment inconfortable. Pas étonnant que ma mère s'arrange pour que ces réunions soient aussi brèves que possible.

— Vous savez tous maintenant que ma mère ne pourra pas assister aux réunions du conseil pendant un certain temps, commencé-je. Elle m'a demandé de la remplacer le temps qu'elle se rétablisse.

J'observe leurs réactions. Tamara me sourit d'un air rassurant, tout comme Storm. Il y a de la fierté dans ses yeux, et mon ventre fait de petits saltos de joie. Je l'ai fait asseoir à la place habituelle d'Ada, pour qu'il soit aussitôt clair pour tout le monde qu'il reprend son rôle.

Il n'y a eu aucune protestation à ce sujet. Ils savent tous qu'il est la personne idéale pour ce poste. Cela fait longtemps qu'il est prêt à assumer davantage de responsabilités.

Le problème avec les gardiens, c'est qu'ils vivent éternellement. En général, ils ne prennent pas leur retraite. Pour progresser dans la hiérarchie, ils doivent donc espérer que leur supérieur s'en aille, disparaisse ou meure. Pas étonnant qu'il y ait tant d'intrigues dans cet endroit.

Zephyr me sourit également. C'est bon signe. Le maître des ailes est un homme difficile à déchiffrer ; je ne sais jamais si son air confus est réel ou faux.

Le bibliothécaire, Algonquin, m'observe avec une expression neutre. L'avenir nous dira s'il me soutiendra ou non.

Cependant, je préfère de loin son silence à l'indignation dont Magnus fait ouvertement preuve. À quoi s'attendait-il ? À prendre la place de ma mère ? Ou bien à ce que le conseil prenne le relais et gouverne ensemble, plutôt que de garder le rôle de conseillers et de soutiens ?

Autant je suis pour la démocratie sur Terre, autant pour le royaume, ce n'est pas tellement logique. Beira est une déesse, la mère des dieux. Même si elle ne gouvernait pas, les gens se tourneraient toujours vers elle pour obtenir de l'aide. Elle devra toujours occuper un rôle important… *le* rôle *le plus important.*

C'est une reine jusqu'au bout des ongles, et cela ne changera pas. J'ai hâte qu'elle soit remise sur pied.

Je me tourne vers la maîtresse de maison.

— Tamara, je crois que vous avez des nouvelles de la santé de ma mère ?

Elle hoche la tête.

— Elle est stable et a parlé un peu ce matin. Elle a réitéré son souhait de voir la princesse Wynter la remplacer.

Je lui souris, reconnaissante de cette réaffirmation. Plus Magnus et Theodore l'entendront, plus il y aura de chances qu'ils finissent par me soutenir. Dommage que le guérisseur ne soit pas là. Je devrais peut-être demander à Tamara de faire passer le message dans tout le palais, pour que tout le monde sache ce qu'il se passe. Il faut que j'y réfléchisse. Je ne veux pas que ma mère paraisse faible, mais, en même temps, je ne peux pas me permettre que les gens pensent que je n'ai pas l'autorité suffisante pour faire tout ce qui est nécessaire pour gagner cette guerre.

— Bien. Vous aurez remarqué que Storm est assis à la place d'Ada. Celle-ci est partie pour une mission importante et ne sera sans doute pas de retour avant un certain temps. C'est pourquoi Gwain et moi avons décidé de promouvoir Storm au rang de maître d'armes adjoint, sous notre responsabilité directe. L'un de mes trois autres gardiens reprendra son rôle de chef de ma garde personnelle, alors ne vous inquiétez pas, je ne serai pas laissée sans défense.

J'affiche un sourire sans joie. Je pense que la plupart d'entre eux ignorent que Storm n'est pas le leader des quatre. Ils sont tous égaux, et ils le laissent prétendre qu'il est le chef de ma garde quand c'est nécessaire. C'est lui le plus dominant des quatre, le rôle lui convient donc parfaitement.

— Je crois que Gwain a d'autres informations à nous communiquer.

Le maître d'armes se lève et me fait une petite révérence.

— Oui, Votre Altesse. Des attaques ont été menées contre la porte sud. Nous sommes parvenus à vaincre les soldats de l'Été, mais nous avons subi de lourdes pertes. J'ai envoyé des renforts et des guérisseurs supplémentaires à toutes les portes. Cependant, nous devons nous préparer à ce qu'ils finissent par réussir à percer. Je ne sais pas si vous êtes au courant, mais il y a vingt ans, Angus a réussi à faire entrer certains de ses guerriers dans le royaume sans passer par les portes. En réponse, la reine Beira a renforcé les défenses invisibles, mais nous ignorons combien de temps elles tiendront. Surtout maintenant...

J'ai du mal à déglutir. Je connais cette histoire. Ce sont les soldats de l'Été qui ont tué mon père. Une raison de plus de détester Angus.

— S'il attaque et franchit l'une des portes, en combien de temps le reste de l'armée pourra-t-il s'y rendre ? demandé-je, et je suis surprise de voir Gwain détourner les yeux.

— En temps normal, la reine Beira transportait bon nombre d'entre eux, laissant aux autres le temps de s'y rendre par leurs propres moyens. Mais maintenant… nous allons devoir répartir nos forces à travers le royaume, ce qui leur permettra de se rassembler plus facilement en un seul endroit si le besoin s'en fait sentir.

— Quand le besoin s'en fera sentir, le corrige Tamara. Il ne fait aucun doute que nous serons bientôt attaqués. Qui sait si Angus attaquera le premier, ou si ce sera la Morrigan ; à moins qu'ils ne travaillent ensemble et combinent leurs forces.

Elle me regarde droit dans les yeux.

— Princesse, je pense que vous devriez avoir une discussion avec votre mère, et voir si vous n'avez pas hérité du pouvoir de transporter les gens d'un endroit à l'autre. Les autres dieux peuvent se téléporter seuls, et peut-être transporter une ou deux personnes, mais la reine Beira est la seule avec Angus à pouvoir en déplacer un grand nombre. Si vous aviez le même pouvoir, nous aurions un moyen supplémentaire de les combattre.

— Je lui parlerai plus tard dans la journée, promets-je.

De toute façon, je prévoyais de lui parler de mes nouveaux pouvoirs de foudre. Je n'ai jamais entendu parler d'une telle magie avant, mais peut-être ne me suis-je pas adressée aux bonnes personnes. C'était un choc d'avoir ces nouveaux pouvoirs. Peut-être que les *sparklies* en sont la cause. Après tout, ce n'était peut-être pas de la foudre, rien qu'un effet secondaire de toute la magie de licorne que j'avais absorbée. Quoi qu'il en soit, c'était incroyablement puissant et explosif. Si je pouvais exploiter ce pouvoir, ce serait une arme puissante contre nos ennemis.

Je grimace. Et me voilà en train de parler d'ennemis, de guerre, et de mort. Il n'y a pas si longtemps, j'étais une quasi-humaine sur Terre, et je nourrissais des idées romantiques sur la vie dans le royaume en tant que princesse. Jamais je n'aurais imaginé qu'il y aurait une guerre. Je ne pensais pas que quiconque aurait l'audace de s'opposer à ma mère.

Et maintenant, ce n'est plus un ennemi que nous avons, mais plusieurs. Si ce que Chesca a dit est vrai, la Morrigan contrôle les démons qui attaquent nos frontières presque quotidiennement. Et puis il y a Angus et sa haine tordue envers Beira. C'est déjà grave d'avoir un ennemi, mais nous en avons deux, aussi puissants l'un que l'autre. Angus a sans doute les meilleurs guerriers, mais la Morrigan possède un esprit plus cruel et maléfique que tout ce que j'aurais pu imaginer. Je frémis quand je pense à ce qu'elle a fait à Crispin. À la façon dont elle l'a manipulé pour qu'il blesse et tue d'autres personnes.

— Tamara, des nouvelles de la Morrigan ? L'homme qui nous a transmis le message nous a-t-il donné des pistes ?

Le mot *message* sonne beaucoup mieux que *le coffre qui contenait la main de ma mère décédée*. Le messager a pris du poison à son arrivée, et il est mort presque instantanément.

— Nous avons remonté sa trace un moment, mais elle disparaît rapidement. Il venait du nord, à pied ; il n'a pas volé.

Je fronce les sourcils.

— Ce n'était donc pas un gardien ?

— Si. On lui avait retiré ses ailes.

Un halètement collectif résonne dans la salle. Je ne savais même pas que c'était possible. Nos ailes ne sont pas comme on imagine celles des anges, toujours visibles et reliées à notre corps. Elles n'apparaissent que lorsque nous les appelons, et même là, elles sont éthérées, pas tout à fait aussi solides qu'elles devraient l'être étant donné qu'elles nous transportent dans les airs. J'ai suffisamment de pratique aujourd'hui pour pouvoir la faire disparaître si quelqu'un saisissait une de mes ailes, évitant ainsi d'être blessée. Comment la Morrigan a-t-elle pu couper les ailes de cet homme ?

Il ne fait aucun doute que c'était elle. C'est une chose tellement tordue à faire ! C'est tellement maléfique et cruel que je ne peux pas imaginer qu'Angus en soit responsable. C'est une brute qui n'a qu'un objectif en tête. Il agit à découvert, et il compense son manque de subterfuge par le nombre et l'habileté de ses guerriers.

Je décide de ne pas demander de détails sur la façon dont cet homme a été torturé avant de nous transmettre le message.

— Une idée de l'endroit d'où il pourrait être venu ? Qu'y a-t-il dans le nord ?

Algonquin se lève et prend une carte roulée sur une étagère derrière lui, avant de l'étaler sur la table au centre de la pièce.

Le palais et les villes environnantes se trouvent au centre du royaume, légèrement plus à l'ouest qu'à l'est. Je reconnais certains noms de petites villes et de villages pour les avoir entendus au cours de précédentes réunions du conseil. La plupart des zones habitées se trouvent dans la moitié sud du royaume, seuls de petits points indiquent que des personnes vivent dans des habitations plus au nord.

Algonquin pointe du doigt un étrange symbole runique en haut de la carte, à la limite nord.

— Il y a une porte en ruine là-haut, mais cela fait des siècles, voire des millénaires qu'elle est brisée. Je crois que nous passons vérifier une fois par an ou presque, mais quelqu'un devrait peut-être y jeter un coup d'œil de plus près, juste au cas où.

— Comment une porte se brise-t-elle ? demandé-je, confuse.

Je pensais qu'elles étaient des passerelles éternelles et incassables entre les royaumes.

Algonquin me lance un regard étrange.

— C'est un demi-dieu qui l'a traversée alors qu'il était en pleine poussée de magie. La porte a explosé, ainsi que le demi-dieu.

Je frémis.

— Qui était-ce ?

— Vous n'avez jamais entendu parler de lui. Il est mort le jour de sa majorité, lorsque ses pouvoirs ont éclaté. Il était venu dans le royaume pour rendre visite à ses parents, et tout le monde pensait que sa magie se développerait le lendemain, mais ils avaient tort. Son pouvoir brut et indompté a détruit la porte.

Je déglutis difficilement, j'ai l'impression d'avoir une pierre dans la gorge. J'ai traversé une porte dans les jours qui ont suivi l'éruption de ma propre magie. Étais-je en danger à ce moment-là ? Aurais-je pu détruire la porte que nous avons utilisée ?

J'écarte ces pensées désagréables.

— D'accord, allez vérifier la porte. Si elle fonctionne à nouveau et qu'elle laisse entrer des gens dans le royaume, nous devons le savoir.

— Oui, Votre Majesté, dit Algonquin en s'inclinant.

Il change soudain d'expression, gêné par le fait que tout le monde dans la pièce semble soudain occupé à s'éclaircir la gorge.

Finalement, on dirait que le bibliothécaire est de mon côté.

Après la séance du conseil, je me sens à la fois épuisée et agitée. Mes conseillers ont dépeint un tableau de la situation beaucoup plus sombre que je l'imaginais. Des gens meurent en essayant de préserver la sécurité du royaume. Des envahisseurs sont à nos portes et nous ne pourrons plus les tenir à l'écart très longtemps. Comment ma mère fait-elle face à ce genre de pression ?

J'aurai peut-être l'occasion de lui poser la question dans un instant. Je me dirige vers ses appartements, Arc à mes côtés. Storm a dû rester discuter avec Gwain pour préparer sa promotion. En temps normal, une grande cérémonie aurait eu lieu, mais la moitié de l'armée est stationnée loin du palais en ce moment, et l'ambiance n'est pas vraiment à la fête non plus. Connaissant Storm, il essaiera d'échapper à toute forme de cérémonie.

— Comment te sens-tu ? me demande Arc.

— J'ai envie de m'envoler pour aller tuer deux dieux autant que j'ai envie de me cacher sous ma couverture avec mes gardiens à mes côtés, en espérant que tout sera bientôt terminé, dis-je avec un soupir. Je t'en prie, empêche-moi de faire l'un ou l'autre.

Il éclate de rire.

— Je ne t'empêcherai pas de sauter dans un lit avec moi. Mais nous ferions autre chose que nous y cacher…

Je ne peux m'empêcher de sourire. C'est mon Arc, l'Écossais en kilt bourré d'humour qui s'est frayé un chemin dans mon cœur avec son accent et son attitude hilarants. J'ai tellement de chance de pouvoir compter sur lui et sur les autres ! Sinon, je me cacherais, je ferais comme si cette responsabilité de diriger un royaume n'existait pas.

— Veux-tu que je vienne avec toi ? me demande-t-il lorsque nous arrivons à la porte de la chambre de ma mère.

Quatre gardes sont postés à l'extérieur, soit le double de la normale. Je dois sans cesse me rappeler qu'elle n'est pas aussi invincible qu'elle l'est habituellement. Si quelqu'un l'attaquait maintenant, elle ne pourrait pas faire grand-chose pour l'arrêter.

— Non, c'est bon. Mais si Theodore est là, nous pourrions peut-être l'attirer dehors avec une diversion ? Je veux parler à ma mère seule.

Il grimace quand je mentionne le guérisseur. Apparemment, je ne suis pas la seule à le trouver agaçant.

— Oui, je vais trouver une excuse.

Je prends sa main et la serre, à la fois pour le remercier et pour me rassurer.

La chambre de ma mère est faiblement éclairée par quelques-uns des orbes magiques qui remplacent les ampoules dans le palais. Les rideaux sont fermés, empêchant le soleil froid de midi de pénétrer.

J'envoie un peu de magie à l'orbe le plus proche pour qu'il brille plus fort.

Beira est allongée dans son lit et dort paisiblement. Sa peau est pâle et sa respiration est clairement audible dans la pièce silencieuse. Il n'y a aucune trace de Theodore ; il a dû partir peu avant mon arrivée. Il est peut-être allé demander à Crispin de prendre le relais. Autant j'ai envie de parler à mon gardien guérisseur, autant que je préférerais qu'il ne vienne pas maintenant. J'ai besoin d'être seule avec ma mère.

— Maman ? l'appelé-je doucement, et ses yeux s'ouvrent immédiatement.

— Wyn. Approche-toi, dit-elle dans un murmure rauque.

Il y a un verre d'eau sur son chevet, et je l'attrape en m'approchant d'elle. Je l'aide à s'asseoir pour qu'elle puisse boire. C'est effrayant de voir à quel point il m'est facile de la soulever. Elle est si légère, si frêle… Comment ma mère est-elle passée d'une déesse toute-puissante à cette femme malade ?

Oh, oui ! Tout est ma faute. J'avais essayé de l'oublier.

— Merci.

Sa voix est bien plus douce depuis qu'elle a bu. Elle s'adosse à l'oreiller que j'ai fait gonfler pour elle, et elle m'observe de ses yeux moins perçants qu'à son habitude.

— Comment s'est déroulée la réunion ?

Je soupire un peu.

— Elle était morne. Ada s'est enfuie, Storm la remplace, Algonquin pense que la porte nord pourrait avoir été utilisée par le messager de la Morrigan, et la porte sud subit des attaques incessantes. Pour l'instant, il semble que tout ce que nous pouvons faire, c'est attendre que nos éclaireurs et nos espions nous apportent plus d'informations.

— Tu sembles avoir déjà une bonne compréhension de la situation. J'avais espéré t'épargner d'avoir à assumer de nouvelles tâches pendant un certain temps, mais cela ne devait pas se passer ainsi.

Elle tousse, et je lui tends à nouveau le verre d'eau.

— Tamara a dit quelque chose… commencé-je en la regardant boire à petites gorgées. Elle se demandait si j'étais capable de pratiquer la même magie de téléportation que toi, pour déplacer nos soldats là où l'on a besoin d'eux.

Ma mère fronce les sourcils, réfléchit un instant avant de répondre.

— Ce n'est pas comme la magie normale. C'est un peu comme des ailes, quelque chose avec lequel nous sommes nés et qui nécessite un peu d'entraînement, mais que nous savons instinctivement faire. T'est-il arrivé de te téléporter accidentellement quelque part ?

Je secoue la tête.

— Il est donc peu probable que tu possèdes cette capacité. C'est une chose que seuls les dieux peuvent faire, je suis désolée, explique-t-elle, souriant devant mon air déçu. Mais tu possèdes d'autres sortes de magie dont nous devrions parler. C'était la première fois que tu utilisais la foudre ?

— Oui. C'est venu de nulle part, je n'avais jamais rien ressenti de tel auparavant. C'était très… bouleversant. Violent. Difficile à contrôler.

— J'ai vu, remarque-t-elle d'un air maussade et je grimace en pensant à ce que ma magie lui a coûté. Ne culpabilise pas. Tout le monde ignorait que tu risquais d'avoir une nouvelle poussée, moi y compris, sinon j'aurais fait quelque chose. Ce qui m'arrive est naturel. Le printemps n'est pas loin, l'hiver disparaît. C'est pour cela qu'Angus a attendu jusqu'à maintenant pour faire ses grandes manœuvres. Heureusement, nous t'avons.

— Je ne sers pas à grand-chose, si je ne suis même pas capable de contrôler ma magie. Comment pourrais-je faire en sorte que les gens fassent ce que je dis s'ils savent à quel point je suis imprévisible ? Aucune des personnes présentes dans l'aile du palais qui s'est effondrée ne me fera plus jamais confiance… j'ai failli les tuer ! Si tu n'avais pas été là, ils seraient tous ensevelis sous des tonnes de pierres.

Je réfrène l'envie de balancer mon poing dans quelque chose. Le mur, ou peut-être moi-même. Je frapperais ma magie si elle n'était pas terrée dans sa grotte, à ronronner innocemment. Je vais devoir avoir une discussion sérieuse avec elle. Elle se fiche éperdument de ce qu'il se passe dans le monde réel après ses crises de pouvoir.

— Ils ne savent pas que c'était toi, murmure ma mère, dont la voix s'affaiblit lentement. Et de toute façon, tu es ma fille. Ils t'accepteront. Maintenant, rends-toi à la bibliothèque et cherche Algonquin. Demande-lui de te donner tout ce qu'il a au sujet de la magie de la foudre. Mais avant, demande à Tamara de contacter Thor. Je pense qu'il serait le professeur idéal pour toi.

THOR NE RESSEMBLE PAS TOUT à fait à ce qu'il est dans les films, mais ce n'est pas une mauvaise chose. Pas du tout. Si je n'avais pas déjà mes quatre gardiens… eh bien, disons que j'ai du mal à ne pas saliver. C'est peut-être dû à son absence de chemise. Oui, il montre son torse nu, il ne porte rien d'autre qu'un pantalon de cuir ample et des bottes noires. Et son marteau, bien sûr, dans un fourreau autour de sa taille. De minuscules éclairs grésillent autour, très semblables à la magie que j'ai produite hier.

— Alors, c'est toi la progéniture de Beira, demande-t-il d'une voix grave alors que je m'approche de lui dans le vestibule de ma mère.

D'autres nobles et quelques dieux mineurs se tiennent de part et d'autre de la pièce et nous observent avec curiosité. Je suis sûre que tout le monde au palais va bientôt savoir que Thor m'a qualifiée de *progéniture*.

— Sa fille, en fait. Et vous, êtes-vous l'une de ses créations ? lui dis-je, et je le vois avec joie lever ses sourcils broussailleux, surpris.

— C'est le cas, en effet. Cela fait-il de nous des frère et sœur ?

Il hurle de rire devant l'expression de dégoût que je dois afficher.

— Non. Des cousins, peut-être ? Très, très éloignés ? ajouté-je pour ne pas me sentir mal à l'aise d'avoir reluqué son physique époustouflant.

Je ne veux pas regarder mon frère / cousin / qui que ce soit de ma famille de cette manière. J'ai encore un peu de mal à intégrer le fait que ma mère ait créé d'autres dieux. Elle a également créé mon père, alors, peut-être que Thor est mon oncle ? Bon sang, Wyn ! Cesse de penser à ça ! Il n'y a aucune similitude génétique entre Thor et moi.

— Je t'aime bien, mini-déesse. Mes hommages.

Il me tend la main et je la saisis, le serrant fort pour lui montrer qu'il ne m'intimide pas, même si sa paume est presque deux fois plus grande que la mienne.

— Ravie de te rencontrer.

J'ai été tentée de lui répondre *mes hommages* moi aussi, mais c'est un peu trop guindé pour moi. Il a le droit de parler comme un type tout droit sorti d'un film, mais pas moi. Je suis une demi-déesse très terre-à-terre.

Je remarque que la pièce est devenue très silencieuse. Tous les regards sont tournés vers nous. Je me sens un peu mal à l'aise, parfaitement consciente du foulard enroulé autour de ma tête. Ils doivent tous se demander pourquoi je le porte.

— Je te propose d'aller dans un endroit un peu plus privé, lui suggéré-je, et il me sourit.

— Serais-tu en train de me faire des avances ?

— Absolument pas. Simplement, je ne voudrais pas que les dames de la cour s'évanouissent.

Je fais un signe de tête en direction d'une gardienne sur ma droite, qui est manifestement submergée par la vue du corps musclé de Thor. Elle s'évente et rougit lorsqu'elle s'aperçoit que nous la regardons.

— Tu as raison. Mon épouse n'en serait pas ravie.

Cela m'arrête net.

— Tu es marié ?

Oh ! Les pauvres femmes de ce monde ! Encore un bel homme qui n'est plus disponible.

— Évidemment. Tu ne le savais pas ? Sif aime rester à la maison pour s'assurer que notre fille ne s'attire pas trop d'ennuis.

— Attends, tu as une fille ?

— Ne t'ont-ils donc rien appris ? marmonne-t-il, comme si mon ignorance l'offensait.

— Mais on m'a dit que les dieux ne pouvaient pas avoir d'enfants… c'est interdit.

— C'est pourquoi nous avons adopté Pippa. Elle est née sur Terre, mais elle a grandi dans mon royaume. J'ai essayé de lui faire découvrir la Terre pour qu'elle voie d'où elle vient, mais jusqu'à présent, elle a refusé. Je devrais peut-être lui demander de discuter avec toi. Vous pourriez avoir une conversation entre filles.

Une conversation… ? Pour qui me prend-il ?

Je suis légèrement occupée à faire la guerre en ce moment, je n'ai pas le temps de dire à une fille de déployer ses ailes et de quitter le nid de ses parents. Enfin, je suppose que si elle est humaine, elle n'a pas d'ailes. Regardez-moi ! Je me suis déjà faite à l'idée que tout le monde dans les royaumes a des ailes ! Je m'adapte rapidement… en quelque sorte.

Je décide de ne rien dire et lui fais simplement signe de me suivre hors du vestibule. Nous traversons plusieurs couloirs et nous atteignons l'une des cours d'entraînement. Storm m'a réservé celle-ci, nous ne devrions donc pas être dérangés.

J'essaie d'ignorer tous les regards que les gens nous lancent en chemin, et je soupire de soulagement lorsque les portes se referment derrière nous. Je savoure l'air frais de l'extérieur.

Thor déboucle sa ceinture et je m'apprête à protester, pensant qu'il a prévu de s'exhiber, quand je vois qu'il ne fait qu'enlever le fourreau dans lequel se trouve son marteau. Il le pose sur le sol et étire ses jambes.

— C'est parfois un peu lourd à porter, avoue-t-il, mais les gens veulent voir le marteau, alors je dois l'emmener partout où je vais.

Je ne m'attendais pas à ce qu'il dise ça ! J'imaginais peut-être un commentaire sur la taille de son marteau, sur sa dureté, ce genre de choses. Au contraire, il semble presque agacé par la vénération que les gens lui portent.

— As-tu besoin de ton marteau pour faire de la magie ? lui demandé-je, sincèrement intéressée.

— Non, mais il m'aide à diriger l'énergie plus efficacement. La foudre est une force volatile, et il est plus facile de la contrôler s'il y a un conducteur. Je pourrais utiliser un bâton ou quelque chose comme ça, mais Beira a décidé de me donner un marteau, alors maintenant, je suis coincé avec.

— Ma mère t'a donné ce marteau ?

— Tu poses toujours autant de questions ? rétorque-t-il, et je lui adresse un froncement de sourcils désapprobateur.

Il s'en fiche totalement.

— J'aimerais bien répondre à tout, mais ma femme s'attend à

me voir de retour pour le dîner, alors commençons ton entraînement. On m'a dit que tu étais capable d'invoquer la foudre : ça t'ennuierait de me faire une démonstration ?

Je hausse les épaules.

— Je veux bien, mais la dernière fois, j'ai rasé toute une partie du palais, alors tu devrais peut-être reculer.

Ses yeux s'écarquillent légèrement avant qu'il ne reprenne une expression à mi-chemin entre l'ennui et la curiosité. Quel homme étrange... Enfin, quel dieu. Tous les plus grands dieux sont-ils aussi intenses ? Aussi arrogants ?

Heureusement il suit mon conseil et se retire d'un côté de la cour pendant que je me place au centre. Je ne suis pas tout à fait sûre de ce que je fais ; après tout, la dernière fois que j'ai créé un éclair, c'était par pur accident. Je me souviens que cela a commencé par de petites étincelles autour de mes mains. Peut-être que si j'arrive à les reproduire, je pourrai invoquer de vrais éclairs ensuite. Je me concentre sur ma magie pour la faire sortir de sa grotte. Elle s'étire et bâille, puis saute vers moi, heureuse d'être libérée. Je lui explique que j'ai besoin de la foudre, mais elle se contente de se frotter contre mes jambes et elle ronronne. Merci, mais ça ne m'aide pas.

Les autres éléments, en général, je les puise dans l'environnement. L'eau et l'air sont les plus simples à invoquer, le feu le plus difficile. Mais la foudre... où suis-je supposée la trouver ?

Je lève les yeux vers le ciel. Pas un nuage en vue, encore moins de nuages d'orage. Je soupire.

— Je ne sais pas par où commencer, admets-je.

Thor sourit.

— Cours de foudre pour débutants ? D'accord. Tout d'abord, qu'est-ce que la foudre ?

— Euh... de gros éclairs qui tombent du ciel pendant les

orages ? répliqué-je, mais je me rends bien compte que j'ai l'air idiote. De l'électricité ?

J'espère que cette réponse est moins idiote. Thor secoue la tête en signe de frustration.

— Qu'est-ce qu'on vous apprend sur Terre ? La foudre est une décharge électrostatique. Imagine deux objets chargés électriquement, comme des ballons que tu aurais frottés sur un vêtement en laine. Si tu les fais se toucher, l'électricité circulera entre eux pendant un instant. Quand il s'agit d'une petite charge, des étincelles jaillissent. Si elle est plus importante, beaucoup plus grande, tu as de la foudre.

Jusqu'à présent, je suis, même si la physique n'a jamais été ma matière de prédilection.

— Mais où puis-je trouver des objets chargés d'électricité ? Est-ce que je dois apporter des ballons sur le champ de bataille ?

Je ris de ma propre blague, et même Thor ne réussit pas à cacher son sourire.

— Non, mini-déesse, tout ce dont tu as besoin se trouve autour de toi.

J'ai un moment de lucidité.

— Tu veux parler des protons, des électrons et ce genre de choses ?

Il soupire avec indulgence.

— Oui, ce genre de choses. Mais si cela peut t'aider, imagine que l'air autour de toi grésille d'énergie. Imagine qu'il y a des millions de particules, prêtes à être rapprochées pour produire de la foudre. Quand tu l'imagines correctement dans ton esprit, la magie suit.

Bon, très bien. Cela ne devrait pas être trop difficile. Je me concentre à nouveau et j'imagine que tout ce qui m'entoure scintille d'énergie. Ce n'est pas la première fois que je me réjouis d'avoir une imagination aussi débordante. Des années à peaufiner mes amis imaginaires portent aujourd'hui leurs fruits.

Lorsque l'air est saturé d'étincelles d'électricité, j'aspire un peu de magie et la diffuse dans l'espace devant moi, jusqu'à ce qu'elle entre en contact avec elles.

Respirant profondément, je tire sur la magie, obligeant les étincelles à se toucher.

Un éclair s'abat sur le sol devant moi, manquant de peu mes pieds. Surprise, je sursaute, mais je trébuche et tombe à plat sur les fesses. Aïe. Le sol a-t-il toujours été aussi dur ? Ça va me laisser un bleu. Je pourrais peut-être faire venir Crispin… non, je ne peux pas.

Thor rit à gorge déployée et je me lève d'un bond en lui jetant un regard noir.

— Ta première tentative était-elle meilleure ? lui demandé-je, masquant à peine un grognement.

— Bien sûr que oui. Je suis le dieu du Tonnerre, produire de la foudre, c'est mon truc.

Il n'a pas tort. Au moins, je sais que je possède d'autres pouvoirs magiques que lui n'a pas. Ma mère m'a expliqué que les dieux majeurs ont tous un ou deux pouvoirs principaux, et que les dieux mineurs n'en ont qu'un. En général, ils ont tous des capacités de base dans d'autres magies élémentaires, mais je les surpasse nettement en ayant plusieurs pouvoirs majeurs. Sans doute pas aussi puissants que les leurs, mais ma force réside dans leur nombre.

— Essaie encore, me dit Thor qui recule à nouveau, cette fois un peu plus loin.

A-t-il peur que je le frappe accidentellement ? Il a sûrement raison. Tout à l'heure, j'avais visé sans succès l'autre bout de la cour avec l'éclair. Certainement pas le sol devant mes pieds. Je ne suis pas suicidaire.

Je me concentre à nouveau, je fais la même chose que tout à l'heure, mais cette fois-ci, je crée la zone d'air chargée plus loin au-dessus de moi, puis je la repousse loin avant de relâcher ma magie.

Un éclair de lumière aveuglant s'abat sur moi, me faisant cligner des yeux plusieurs fois. Puis je cligne encore une fois, juste au cas où je n'aurais pas bien vu. L'éclair n'a pas disparu comme il aurait dû. Au lieu de cela, il plane juste au-dessus du sol, se tordant et luttant contre ce qui l'empêche de se désintégrer.

— Thor ? l'appelé-je. C'est toi qui fais ça ?

— Qu'est-ce que tu veux dire ?

Il s'approche de moi par-derrière, mais je suis trop inquiète pour me détourner de l'éclair.

— L'éclair figé ? lui demandé-je, incrédule. De quoi d'autre pourrais-je parler ?

— Oh, ça. Oui, c'est moi. Je voulais te montrer en détail ce que ta magie peut faire.

Il le dit comme si cela n'avait rien d'exceptionnel. Comme s'il ne venait pas de figer un foutu éclair. Maintenant que je sais que c'est de son fait, je me sens un peu moins menacée. Avec un peu de chance, il l'empêchera de m'exploser à la figure.

Je me sers de ma magie pour comprendre ce qu'il se passe réellement.

— Ferme les yeux, m'encourage Thor. Visualise-le intérieurement.

Je crois que je préfère le Thor des légendes, finalement. Celui-ci devient soudain un peu trop bizarre. Mais je fais ce qu'il me dit : après tout, c'est un dieu ! Et je me concentre sur l'éclair devant moi. J'ai plus de mal à voir dans mon esprit une magie qui n'est pas la mienne. Il y a encore des traces de la mienne, mais elles sont dispersées et il est difficile de leur donner un sens. Il me faut un bon moment avant de trouver la magie de Thor. Elle est très différente de la mienne, bien plus épaisse et solide. La mienne est fluide et flexible, tandis que la sienne est rigide et ne se modifie pas aussi facilement. C'est peut-être parce que la sienne n'a qu'un seul but, alors que la mienne doit s'adapter à de multiples éléments.

C'est comme si une lumière s'allumait lentement, exposant de plus en plus la situation dans son ensemble. L'éclair est entouré de la magie de Thor, maintenu en place par une toile de minuscules vrilles magiques qui se développent en quelque chose qui ressemble à des racines.

Je m'approche, examinant l'une des parties les plus proches de l'éclair. La magie palpite, l'énergie jaillit de la foudre et pénètre dans Thor.

— Es-tu en train de drainer son énergie ? lui demandé-je, surprise.

— Regarde encore, répond-il simplement.

Pourquoi ne peut-il pas me donner la réponse ? Mais je me souviens que je faisais la même chose aux étudiants à l'université. Les gens se souviennent toujours mieux des connaissances qu'ils ont dû acquérir par eux-mêmes que du contenu qu'on leur a donné à lire.

Cette fois, je me concentre sur le lien que Thor a établi avec l'éclair. Il y a cette énergie qui coule vers lui, que j'ai déjà vue… et puis… Oui ! Il y a de l'énergie qui sort de Thor pour entrer dans l'éclair.

— Tu le maintiens en stase ? demandé-je. Tu ne le laisses pas épuiser son énergie ?

— Exactement. Je ne peux le maintenir dans cet état que pendant un certain temps, alors tu devrais reculer.

Je bondis à temps pour que l'éclair s'élargisse légèrement avant de s'enfoncer dans le sol et de disparaître définitivement.

— Tu pourrais prévenir plus tôt, la prochaine fois ? crié-je à Thor, passant une main sur mes sourcils.

J'ai l'impression qu'ils sont brûlés. J'ai déjà perdu la moitié de mes cheveux, je ne suis pas pressée de perdre aussi mes sourcils. Surtout pas maintenant qu'ils sont parfaitement courbés. Je sais que je n'aurai plus jamais à les épiler : les gènes de déesse sont bien utiles.

Thor hausse les épaules.

— Tu t'es écartée à temps. Fais-en un autre, plus grand cette fois.

Je hoche la tête et le regarde se retirer sur le bord de la cour. Je vais lui montrer. Il est le dieu du Tonnerre ? Je suis la demi-déesse de la Foudre. En quelque sorte. Pas vraiment. Mais on s'en fiche.

Je tisse d'épais fils magiques dans l'air devant Thor. Je ne me donne même pas la peine de le faire d'abord près de moi, puis de le pousser vers lui. Il veut que je m'entraîne, alors voilà, j'essaie de nouvelles méthodes.

— Je vois ce que tu es en train de faire ! s'écrie-t-il, et je grimace.

Évidemment. Comment pourrais-je le surprendre s'il peut voir ma magie ? Il doit bien y avoir un moyen.

Avec un sourire, je commence à rassembler de la magie derrière lui tout en augmentant celle qui se trouve devant. J'espère qu'il se concentrera sur cette dernière, plutôt que sur ce que je fais dans son dos.

— Tu perds ton temps ! crie-t-il. On ne voit pas avec les yeux, tu te rappelles ? Je sens ce que tu fais !

Merde. J'aurais dû y penser moi-même. Mais… il n'a jamais dit que je devais le faire toute seule, n'est-ce pas ? J'envoie un signal mental à Frost. Je sais qu'il n'est pas loin, je le sens. J'espère ne pas le distraire de quelque chose d'important.

Pour l'instant, notre lien mental consiste simplement à se pousser et s'attirer. Les garçons m'ont dit qu'un jour je serai en mesure de leur parler, mais ce n'est pas vraiment comme ça que ça marche. Je peux envoyer des images par ce biais, mais elles ne parviennent pas toujours à leur destinataire. C'est une science un peu floue. Parfois, elle fonctionne, parfois non. Heureusement, je peux toujours envoyer un petit coup de coude.

Du coin de l'œil, je vois une porte s'ouvrir, et Frost entre dans la cour.

— Thor ! m'écrié-je, espérant le distraire. Que se passerait-il si mon éclair touchait de l'eau ?

— Il deviendrait plus explosif. Plus grand. Plus efficace. Pourquoi ?

Je n'ai plus qu'à espérer que Frost a compris le message.

— Je pose juste la question, précisé-je, réprimant un sourire en coin. Prêt ?

Thor hausse les épaules comme s'il s'ennuyait déjà. Je vais lui montrer. Frost reste dans l'ombre, caché derrière une des colonnes qui bordent la cour. Il m'adresse un petit signe de tête pour me montrer qu'il a compris. Allons-y.

— À vos marques, prêts… Partez ! m'écrié-je, et je lâche la foudre tout autour de Thor.

Au même moment, Frost invoque un dôme d'eau, emprisonnant le dieu. Lorsque la foudre frappe la cage d'eau, l'enfer se déchaîne. De la vapeur et des grésillements se dégagent, et de grands éclairs déchirent l'air. Des étincelles jaillissent, illuminant la vapeur qui s'épaissit, cachant Thor à la vue de tous.

— Tu joues un jeu dangereux, mini-déesse, dit soudain une voix dans mon dos.

Thor est debout, les mains dans les poches, l'air toujours aussi détendu. Cependant, une lueur de joie brille dans ses yeux.

— Mais il est aussi très efficace. C'est très bien. Toute personne ne pouvant pas se téléporter serait prise au piège, ou morte.

C'est alors que la réalité me frappe. Cela peut tuer des gens. Pas seulement à la suite de l'effondrement d'un bâtiment, comme je l'ai fait hier. Non, cette foudre peut arrêter les cœurs, brûler la chair, effacer les ennemis de l'existence. Même si cela me met mal à l'aise, je pourrais en avoir besoin à l'avenir. Je sais qu'il y aura des batailles. Je ne vais pas rester au palais à regarder les autres se faire tuer ; je serai dehors, à me battre avec mes gardiens, à me venger de tout ce qu'Angus et la Morrigan nous ont fait subir, à ma famille et à moi.

— Quelle taille peut prendre l'éclair ? demandé-je à Thor, pensant à l'efficacité qu'il aurait eue à l'époque des pierres du Calanais. Quelle superficie peut-il couvrir ?

— Cela dépend uniquement de ta maie et de la quantité d'énergie que tu veux y consacrer. La foudre est puissante, mais elle en consomme beaucoup. Je te conseille de la garder en dernier recours, parce que si tu en utilises une grande quantité, cela va t'affaiblir.

— Imagine que tu combats une armée de démons, demandé-je, et Thor hausse un sourcil sans rien dire. Combien d'entre eux pourrais-tu tuer en une seule fois ?

Il réfléchit un instant.

— Je pense que mon record est d'environ deux cents. Toi, avec ton pouvoir… peut-être la moitié. Mais, comme je l'ai dit, il faut être prudent. La foudre a sa propre façon de penser, et parfois, elle prend plus qu'elle ne donne.

Je hoche la tête. J'en suis bien consciente.

— Te battras-tu à nos côtés ? lui demandé-je.

Son expression change, et il s'incline légèrement.

— Bien sûr. Je suis aux côtés de la reine Beira, et maintenant, à tes côtés. Mes soldats se tiendront prêts à te venir en aide quand tu en auras besoin. Il en va de même pour mon frère. Nous avons toujours soutenu le royaume de l'Hiver et nous ne nous arrêterons pas maintenant.

Une vague de chaleur me traverse tandis que j'absorbe ses paroles. J'ai envie de le serrer dans mes bras, mais je ne suis pas certaine que ce soit une bonne idée. Il ne porte toujours pas de chemise et Frost l'observe. Je ne veux pas qu'il pense que j'apprécie le dieu du Tonnerre ? Je veux dire, il est beau, oui, mais j'ai mes gardiens. Ils me suffisent. Mais d'abord, il faut que je fasse revenir l'un d'entre eux auprès de moi. La mission Crispin est sur le point de commencer.

Je lui tends la main.

— Merci pour la leçon, c'était très instructif.

Thor éclate de rire.

CHAPITRE
HUIT

Crispin n'est pas dans sa chambre, ni dans celle de ma mère, ni dans l'aile-hôpital.

Je suis le lien qui me relie à lui, je m'en sers comme d'une boussole. Il m'attire vers le haut, au sommet de l'une des tours. Je ne crois pas être déjà entrée dans celle-ci.

Les escaliers magiques me propulsent au sommet plus vite que je ne pourrais jamais monter les marches en courant. L'autre avantage, c'est que je ne suis pas essoufflée du tout quand j'arrive à l'étage supérieur.

Un curieux spectacle m'attend. On dirait que quelqu'un a pris un pavillon de jardin et l'a transporté en haut d'une tour. De délicates colonnes soutiennent un toit circulaire qui protège des intempéries un simple banc en fer forgé. Qui a eu l'idée d'installer un banc sur une tour ? Je ne serais pas surpris qu'il soit emporté par la prochaine tempête.

— Assieds-toi avec moi, dit une voix calme.

Crispin. Il n'est pas sur le banc et il me faut un moment pour le repérer. Il est adossé à l'un des piliers, ses jambes pendent le long de la tour. Un seul faux pas et c'est la chute. Est-il à ce point déprimé ? Non, il a des ailes, il s'envolerait. Pourtant, je m'inquiète pour lui.

Avec précaution, je m'assieds à côté de lui, m'éloignant un peu du bord.

— Comment vas-tu ? lui demandé-je gentiment, mais il ne répond pas.

Je suis tentée de passer un bras autour de ses épaules, mais je résiste.

C'est tellement gênant ! Il m'a fallu beaucoup de temps pour amener Crispin à s'ouvrir, et maintenant, j'ai l'impression que tout cela n'a servi à rien. Il a de nouveau érigé ses barrières, et c'est ma faute.

J'ai failli le tuer.

Je lui ai dit d'écrire tout ce qui lui était arrivé quand il était prisonnier de la Morrigan. Je lui ai fait revivre tout cela.

Je ne l'ai pas écouté quand il m'a dit de ne pas m'approcher des *sparklies* de Blaze.

Je l'ai forcé à m'ouvrir son cœur, puis je l'ai écrasé.

— Je suis désolée, murmuré-je. Je sais que mes excuses viennent bien trop tard, mais je suis vraiment, vraiment désolée.

Il ne répond pas. Je croise les mains, enfonçant mes ongles dans mes paumes. Cette douleur n'est qu'un écho de ce qu'il se passe dans ma poitrine. Le silence de Crispin me transperce le cœur, me brise en petits morceaux. Et je le mérite. Je lui ai fait la même chose.

— J'espère que tu as ignoré ce que je t'ai dit de faire quand… quand le messager est venu…

— Non, répond-il d'une voix presque inaudible. J'ai tout écrit et je l'ai donné à Tamara. C'était nécessaire, tu avais raison,

— Non, j'avais tort ! Tu n'étais pas prêt, j'étais…

— Il ne s'agit pas que de toi ! s'écrie-t-il soudain. Tu n'as pas à décider quand je suis prêt. Tu n'as pas à t'excuser pour quelque chose dont tu n'es pas responsable !

Il ne me regarde toujours pas, mais cela ne m'empêche pas de le fixer, confuse. Qu'essaie-t-il de me dire ? Que je suis obsédée par moi-même ? Égoïste ? Que je ne me soucie pas des autres ? Quoi que ce soit, c'est douloureux.

Des questions me traversent l'esprit, mais j'ai trop peur de sa réaction pour les poser. Je ne veux pas le blesser davantage. J'en ai déjà fait assez.

— Tu vas me détester, murmure-t-il dans le silence. Quand tu le liras, tu me détesteras.

— Jamais je ne pourrai te détester, Crispin, murmuré-je, luttant toujours contre l'envie de le toucher. J'ai vu qu'elle te faisait faire des choses, tu me l'as montré.

— Je ne t'ai pas tout montré, répond-il d'un ton amer. Tu n'as pas vu le pire. Je ne mérite pas d'être ici. Je devrais être en train de pourrir dans un donjon sous le palais, et non assis au sommet d'une tour avec l'héritière du trône de l'Hiver.

Je suis perdue. Donc, il n'est pas en colère contre moi pour lui avoir fracturé le crâne ? Il m'évite parce qu'il est submergé de doutes ? Je ne m'attendais pas à cela.

— Alors je devrais être au cachot avec toi pour tentative de meurtre, répliqué-je, tâchant de parler sur un ton jovial et léger.

Mais il ne sourit pas.

— C'était un accident. Cela aurait pu arriver à n'importe qui.

— Euh, non, absolument pas. Combien de demi-déesses aux pouvoirs bizarres connais-tu qui aient été accros aux *sparklies* de licorne ?

Cette fois, ses lèvres tressaillent un peu.

— C'est vrai, tu es unique. Ressens-tu toujours le besoin de trouver Blaze ?

Crispin reprend son personnage de guérisseur, mais je le laisse faire, si cela lui facilite la tâche.

— Non. Me rendre à la bibliothèque a remédié à cela.

Enfin, il se tourne vers moi, l'air curieux.

— Tu es retournée à la bibliothèque des vies ?

Mais oui ! J'ai oublié qu'il n'était pas là quand je l'ai raconté aux trois autres.

— Oui, mais c'était différent cette fois-ci.

Je lui raconte brièvement ce qu'il s'est passé, comment j'ai pu voir le livre de ma mère, comment j'ai décidé de revenir dans cette vie.

— Crois-tu que la Morrigan a un livre là-bas ? lui demandé-je soudain quand j'ai terminé mon récit.

— Oui, tout le monde en a un.

— Pourrions-nous y jeter un coup d'œil ? Pour voir quels sont ses projets ? Nous pourrions en apprendre davantage sur son passé, peut-être, trouver quelque chose qui nous aidera à prédire comment elle va agir ?

— C'est une bonne idée, mais la bibliothèque est un lieu neutre, soupire Crispin. En temps de guerre, aucun des protagonistes n'est autorisé à consulter les livres de ses adversaires. Nous ne pourrions même pas lire celui de l'un de ses soldats. C'est frustrant, mais c'est logique. Sinon, la bibliothèque deviendrait une cible.

Dommage. Alors que je pensais avoir trouvé une nouvelle façon de combattre la Morrigan, il s'avère que d'autres personnes y ont déjà pensé. *Sans blague*. Je suis novice en la matière, je ne vais pas réinventer la roue.

— Je suis content que tu sois revenu, dit-il, comme si cela avait jamais été remis en question.

— C'est normal. J'ai des choses à faire. Et des gens que j'aime.

J'insiste beaucoup sur ce dernier mot, pour m'assurer qu'il

comprenne qu'il en fait partie. Et pour enfoncer le clou, je passe enfin un bras autour de ses épaules et le rapproche de moi. Son contact, son parfum m'ont manqué.

— Tu devrais lire ce que j'ai donné à Tamara, dit-il en se dégageant doucement de mon étreinte. Viens me trouver après si tu as toujours envie de me parler.

Il se lève et saute de la tour.

Quelques instants plus tard, il réapparaît, ses ailes d'or entièrement déployées scintillant au soleil. Il fait une boucle et disparaît, me laissant un sentiment de vide au plus profond de mon cœur.

— Vous n'êtes pas obligée de lire ça, me dit Tamara avec un froncement de sourcils inquiet. J'ai commencé à prendre des notes sur les points les plus importants, que je présenterai demain lors de la réunion du conseil.

Je secoue la tête.

— Non, je dois le faire. J'ai déjà vu les souvenirs de Crispin. En quoi lire cela pourrait-il être pire ?

Avec un léger signe de tête, elle me laisse. Il s'avère que c'est bien pire.

C'est comme si sa voix parlait dans ma tête, me racontant toutes les souffrances qu'il a endurées. Je n'arrive pas à me défaire de ce monologue intérieur, ce qui rend la situation encore plus déchirante.

Il a tué des enfants.

Il a torturé des gens pendant des semaines.

Il a assassiné des dizaines de gardiens.

Et, pire encore, il a couché avec la Morrigan.

C'est cela qui finit par faire couler mes larmes, après les avoir longtemps retenues.

La Morrigan l'a contraint à avoir des rapports. Il ressort clairement de ses propos qu'il n'était pas consentant. Il ne le dit pas, mais je sais que c'était un viol. Elle le contrôlait, et elle a profité de lui.

Quand j'ai fini de lire, je me lève en titubant et vais m'asseoir par terre dans un coin de la pièce. J'ai besoin de réfléchir. D'une manière ou d'une autre, il faut que j'encaisse. Tant d'émotions se bousculent dans ma poitrine, et je me sens mal parce que si ma réaction est aussi forte, qu'a ressenti Crispin au moment où il écrivait tout cela ?

Je l'ai obligé à le faire. Il a suivi mes ordres, comme on l'attendait de lui.

Je lui ai fait revivre toutes les tortures et les violences, celles qu'il a reçues et celles qu'il a infligées aux autres. Mais je n'arrive pas à l'imaginer faire ces choses. Il était une autre personne à l'époque. Un être créé pour commettre des atrocités. Ce qui compte, c'est qu'il est parvenu à se battre, et qu'il est devenu quelqu'un de bien. Quelqu'un qui marche dans la lumière, et non dans l'obscurité dans laquelle la Morrigan l'a créé.

— Wyn ?

Frost entre dans la pièce et me jette un regard curieux quand il me voit assise dans un coin.

— Qu'est-ce qui ne va pas ? J'ai senti ta détresse.

Ai-je accidentellement utilisé le lien ? Ou s'agit-il d'un nouveau développement ?

— Crispin, dis-je simplement en tendant la liasse de documents que j'ai lus.

— Oh ! Nous lui avons dit de ne pas l'écrire. Il savait que tu n'étais pas toi-même quand tu lui as ordonné de le faire. Mais il a insisté pour obéir quand même. Nous n'avons pas pu l'arrêter.

Il s'assied à mes côtés et m'attire contre lui. Je me fonds à son contact, je savoure la chaleur et le réconfort qu'il m'apporte immédiatement.

— Tu veux que je le lise pour qu'on en parle ? demande-t-il, mais je secoue la tête.

— Non, je ne crois pas qu'il le voudrait. Je sais pourquoi il l'a rédigé. Son récit contient beaucoup d'informations qui nous aideront. Tamara va rédiger un rapport d'ici demain. Mais elle et moi devrions être les seules à lire ça.

— D'accord, mais tu sais que je serai là si tu veux en parler.

Je lui souris et me blottis contre lui.

— Je sais. Merci d'être là.

Son parfum de brise marine m'arrache lentement aux sentiments sombres qui martelaient ma poitrine.

— Tu veux qu'on s'embrasse ? me demande-t-il.

— Voilà une question très étrange ! Serions-nous de retour à l'école primaire ?

Il éclate de rire.

— Je n'étais pas sûr que tu en aies envie maintenant. Je ne veux pas m'imposer.

Je comprends ce qu'il veut dire. Je me sens mal à propos de Crispin, et peut-être que je ne devrais pas embrasser un autre gardien. Mais j'ai besoin d'un peu de temps pour réfléchir à tout cela avant de reparler à Crispin. Il est peut-être encore en train de voler de toute façon.

— Embrasse-moi, idiot de gardien.

— Bien sûr, ma princesse, dit-il avec un simulacre de révérence.

Il pose les mains sur mes joues et m'attire à lui. Lorsque ses lèvres touchent les miennes, je me concentre sur elles de toutes mes forces, repoussant les souvenirs de ce que je viens de lire, du moins pour un temps. Je m'en occuperai plus tard.

Pour l'instant, j'ai besoin de guérir, pour pouvoir guérir Crispin.

Frost est gentil, si différent de son frère. Son baiser est doux et affectueux, tendre et lent. C'est exactement ce dont j'ai besoin en ce moment. Grâce à lui, je me sens bien.

Il retire une main de ma joue et l'enroule autour de ma taille, rajustant ma position jusqu'à ce que je sois assise sur ses genoux. Quelque chose de dur se presse contre moi par en dessous et je souris contre ses lèvres, sachant que cela ne restera pas sans conséquences.

Je me concentre un instant sur la porte. Avec un clic, elle se verrouille, et je sais qu'elle sera entourée d'un éclat jaune. Ma mère m'a appris cette astuce : maintenant, personne ne pourra entrer ou écouter. L'intimité est importante dans un palais rempli de domestiques et de courtisans avides de commérages.

Convaincue que nous n'allons pas être dérangés, je glisse mes mains sous sa chemise et la relève, rompant le baiser pour qu'il puisse l'enlever. Je fixe sa poitrine lisse et ciselée. Il s'est beaucoup entraîné ces derniers temps, et ses muscles sont encore plus saillants. Je passe mes mains sur ses abdominaux, je savoure la sensation. Il est magnifique, autant à l'intérieur qu'à l'extérieur.

— Déshabille-toi, me dit-il, et sa voix me rappelle soudain beaucoup celle de son frère.

Je frissonne d'impatience.

Je passe ma chemise par-dessus ma tête et il inspire brusquement. Ma couturière m'a confectionné plusieurs ensembles de lingerie, et je porte mon nouveau soutien-gorge préféré, fait d'un tissu qui est un mélange de satin et de dentelle. Il est délicat, mais suffisamment solide pour maintenir mes seins dans la position parfaite.

Je dois me lever pour retirer mes chaussures et mon

pantalon de lin noir. Son regard s'échauffe lorsqu'il voit ma culotte assortie. Elle ne laisse pas beaucoup de place à l'imagination.

— Reste comme ça, me dit-il quand j'ai fini de retirer mon pantalon.

Il se met à genoux et enroule ses bras autour de mes cuisses, me rapprochant de lui. Il me fait écarter un peu les jambes, ce qui lui offre une vue parfaite. Je frissonne devant l'intensité de son regard.

Quand sa langue touche ma peau, je halète. Il lèche cet endroit situé juste en dessous de mon nombril, puis il descend lentement, faisant glisser ses dents sur le tissu de ma culotte. Pourquoi ne me la retire-t-il pas ? Pourquoi ne l'ai-je pas ôtée ?

Il est tellement taquin !

Ses mains se déplacent vers mes fesses, les serrant en même temps que sa langue atteint ce point très spécial. En dépit du tissu, son contact est électrisant, me faisant frémir alors qu'il commence à sucer mon bourgeon. La chair de poule envahit mon corps et je glisse mes mains dans ses cheveux, le plaquant plus fort contre ma peau, l'encourageant à aspirer plus fort.

Il glousse et commence à faire aller et venir sa langue, me procurant de nouvelles vagues de plaisir. Ma respiration s'accélère. Il sait exactement comment me toucher ; il joue de moi comme d'un instrument. Ses mains massent mes fesses, et un doigt s'approche prudemment de mon intimité.

Je tremble. Je ne vais pas tenir longtemps. Son doigt dessine de petits cercles, me taquine, me fait gémir bruyamment. Sa langue se fait de plus en plus rapide, avant qu'il n'aspire soudain avec force, en même temps qu'il me pénètre avec son doigt. J'explose, je crie et je tremble. Son autre main est posée sur le bas de mon dos, me stabilisant alors que je surfe sur les vagues de cet orgasme des plus incroyables.

Sur un dernier coup de langue, il s'adosse au mur, observant le tissu trempé de ma culotte.

Je m'agenouille et tombe dans ses bras. Il m'étreint doucement le temps que ma respiration redevienne normale. Comment est-il parvenu à faire une telle chose alors que j'étais encore à moitié habillée ?

Il passe ses doigts sur mes bras nus, caresse ma peau. Ses mains sont tellement pleines d'amour que je ne peux m'empêcher de me retourner pour l'embrasser à nouveau, plus passionnément cette fois. J'effleure ses lèvres avec ma langue jusqu'à ce qu'il ouvre la bouche, me permettant d'entrer. Je m'imprègne de son goût, de cette odeur de sel de mer, de la sensation de l'océan. Ma magie ronronne bruyamment dans ma poitrine, mais j'essaie de l'ignorer.

Lorsque je romps le baiser, nous sommes tous les deux rougis et respirons difficilement.

— À ton tour, murmuré-je. Enlève ton jean. Et ce que tu portes en dessous. Si tu portes quelque chose.

Il m'adresse un clin d'œil suggestif et fait ce que je lui ai demandé. Je ne suis pas surprise qu'il ne porte rien sous son pantalon. Cela semble être récurrent avec mes hommes. Ils semblent tous avoir une aversion pour les sous-vêtements.

Sans surprise, son sexe est dur.

— Assieds-toi, lui dis-je.

Une fois encore, il m'obéit, et il s'assied à côté de moi, son membre pointé vers le haut, prêt à recevoir mes attentions. Je souris et je me penche, déposant un léger baiser sur son extrémité. Sa peau est douce et chaude, et même ici, il a ce goût de sel marin.

Je l'accueille dans ma bouche, lentement, je le taquine. Il gémit lorsque je le touche avec ma langue, avant de le prendre plus profondément. Il n'est pas aussi large que son frère, mais il est plus long, il me semble. Apparemment, ils ne sont pas jumeaux partout.

Je passe une main autour de ses bourses, admirant une fois de plus la douceur de sa peau. Il gémit à mon contact. Je n'ai pas besoin de plus d'encouragements. Je monte et descends sur lui, m'arrêtant de temps en temps pour embrasser l'extrémité. Des perles de moiteur s'y accumulent, et je les lèche.

— Wyn, tu ferais mieux d'arrêter, me prévient-il et je souris.

— Pourquoi ferais-je cela ?

— Je veux jouir en toi, pas comme ça.

— Pourquoi pas les deux ? répliqué-je, me surprenant moi-même.

J'ai déjà avalé une fois, avec un petit ami que je n'aimais pas vraiment, et j'ai détesté ça. Mais, pour une raison ou une autre, je pense que ce serait différent avec Frost. Il est mon gardien, bien plus qu'un petit ami. Il est lié à moi, nos corps sont en phase.

Un coup frappé à la porte nous fait sursauter tous les deux.

— Votre Altesse, il y a un messager !

Frustrée, je soupire avant de retirer les protections autour de la porte pour que la personne puisse entendre ma réponse.

— Je serai dans la salle du trône dans dix minutes ! crié-je avant de remettre aussitôt la lueur jaune en place.

— On dirait que ton vœu va être exaucé, marmonné-je à Frost en changeant de position.

Je grimpe au-dessus de lui, jusqu'à ce que son sexe touche mon intimité. Nous n'avons pas le temps de faire plus. Il éclate de rire.

— Nous pourrons toujours continuer une fois que tu auras vu ce messager.

Sur ces mots, il pousse ses hanches vers le haut et me pénètre d'un long coup de reins.

— Ça fait longtemps que j'ai envie de faire ça, murmure-t-il alors que ses mouvements s'accélèrent. Rien que toi et moi, sans les autres.

Je pose les mains sur son torse et abaisse mon bassin pour lui donner encore plus d'accès. Il prend mes seins dans ses mains et les masse doucement.

— Tu aurais dû dire quelque chose, insisté-je, mais ma voix tourne au gémissement quand il tire brusquement sur mes mamelons.

— Je savais que j'aurais ma chance, dit-il en riant. Maintenant, refais-moi ce bruit, celui avec les gémissements et les frissons.

— Tu te moques de moi ?

— Pas du tout ! Crie pour moi, princesse. Montre-moi à quel point tu aimes ça.

Ses mains quittent mes seins pour agripper mes hanches, m'empalant plus fort sur son sexe tandis qu'il accélère encore le rythme. Je suis proche de l'extase, et je relâche tout ce qui me retient. Comme il le voulait, je gémis bruyamment, et peu importe si ça ressemble à un porno.

Un dernier coup de reins et je bascule, me contractant autour de lui tandis que je cambre le dos et hurle de plaisir.

Quelques instants plus tard, il me pénètre une dernière fois profondément, et il frissonne, avant de jouir lui-même avec un gémissement. Il ne s'arrête pas pour autant, enchaînant les coups de reins, jusqu'à ce que j'atteigne une nouvelle vague d'extase et que je m'effondre dans ses bras.

CHAPITRE

NEUF

L e messager a l'air aussi épuisé qu'il est sale. Il a laissé des traces de pas boueuses dans toute la salle du trône et je plains les personnes qui devront nettoyer plus tard.

— Donnez de l'eau à cet homme, demandé-je à l'une des servantes.

Elle s'en va précipitamment, puis revient quelques instants plus tard avec un pichet d'eau et un verre. Le messager le boit goulûment.

— Merci, my lady, dit-il d'une voix grave. Je dois parler à la reine.

Je grimace.

— La reine Beira est actuellement indisponible, mais je suis sa fille, alors vous pouvez me dire tout ce que vous lui auriez raconté.

Il blêmit et s'incline précipitamment.

— Pardonnez-moi, je ne savais pas, Votre Altesse, me dit-il, observant les gens qui nous regardent avec curiosité. Vous voudrez peut-être écouter ce message en privé.

119

J'acquiesce et fais signe à Jonathan de quitter le hall. Le lord Chamberlain semble sur le point de protester, mais il fait ce que je lui demande. Il ne m'a jamais appréciée, et d'ailleurs, je crois qu'il n'aime personne. Mais il sait très bien que je suis en droit de lui donner des ordres.

Il est le dernier à partir, mais pas avant qu'Arc ne se soit glissé dans la pièce. Le messager s'apprête à protester lorsque mon gardien se place à côté de moi, mais je le fais taire rapidement.

— Arc restera, il est digne de confiance.

Celui-ci hausse un sourcil, comme s'il remettait en question cette affirmation, mais il ne dit rien.

— Dites-moi, quel est votre message ?

— J'ai été envoyé par Flora et…

Arc se poste soudain devant moi, adoptant une position protectrice. Je suis perdue. Qui est exactement Flora ? Je n'ai encore qu'une connaissance sommaire des dieux.

— Pourquoi es-tu ici ? grogne Arc. Tout le monde sait que la déesse du Printemps s'est alliée à Angus.

Le messager recule un peu.

— C'est pour cela que je suis ici. Elle souhaite parler d'un changement d'allégeance.

Arc ne bouge pas d'un pouce.

— Flora est l'alliée d'Angus depuis des siècles. Pourquoi changerait-elle cela maintenant ?

— N'êtes-vous pas au courant ? s'enquiert le messager, confus. Au sujet de Favonius ?

Encore un nom que je ne connais pas. Le problème, c'est que je me suis concentrée sur les dieux celtes. Ces deux-là m'ont l'air d'être des Romains. C'est le problème quand on se rend soudain compte que tant de dieux sont réels. Il y en a beaucoup trop, mais je ne sais jamais lesquels existent vraiment, et lesquels sont imaginaires. Le fait que beaucoup d'entre eux portent plusieurs noms en fonction de la culture dont on parle n'arrange pas les choses. Thor, par exemple, est aussi connu sous les noms de Donar, Taranis, Indra et Perun. Oui, parfaitement. C'est perturbant.

— Qu'est-ce qui ne va pas avec Fav ? s'enquiert Arc d'une voix moins agressive. Apparemment, il connaît ce Favonius, puisqu'il l'appelle par son surnom.

— Il est mort, soupire le messager. Assassiné. Il y avait une plume de corbeau sur son corps.

— Quelqu'un pourrait-il m'expliquer ce qui se passe ? m'exclamé-je, poussant Arc avec un regard noir.

Il s'éclaircit la gorge.

— Favonius et... Il était le dieu du Vent. Flora est son épouse et la déesse du Printemps. Fav était un dieu mineur qui était autrefois de notre côté, mais lorsqu'il est tombé amoureux de Flora, il a commencé à soutenir Angus, comme sa femme. Cela faisait un certain temps que je n'avais pas eu de ses nouvelles.

— Comment a-t-il été tué ? demandé-je au messager.

— Empoisonné. C'est un poison que je n'avais jamais vu auparavant, mais notre guérisseur a parlé de dragons.

— Le poison d'un dragon noir ? m'enquiers-je, choquée, et une impression sinistre s'installe au creux de mon ventre quand il acquiesce.

— C'est avec ça qu'ils ont essayé de me tuer. Apparemment, nous avons le même ennemi.

Le messager me regarde, les yeux écarquillés. Il ne s'attendait manifestement pas à cela.

— Pourtant, la plume de corbeau, c'est nouveau... marmonné-je.

— La Morrigan, répond Arc d'un ton sombre. C'est son signe.

Mais pourquoi tuerait-elle Fav ? A-t-il fait quelque chose pour s'opposer à elle ?

Le messager secoue la tête.

— Je l'ignore, mais lady Flora veut vous parler, je suis sûre qu'elle pourra vous expliquer. Je ne suis que le messager.

— Va-t-elle venir ici ? Vous pouvez lui assurer qu'elle pourra arriver en toute sécurité.

Arc grimace, et il semble sur le point de dire quelque chose, avant de se raviser.

— Je lui en ferai part. Elle attend près de la frontière de votre royaume, elle pourrait donc arriver demain, si cela convient à Votre Altesse.

— Oui, dites-lui de venir. Si nous devons former une alliance, autant le faire rapidement.

Le messager s'incline profondément, visiblement soulagé de pouvoir retourner auprès de sa maîtresse avec de bonnes nouvelles. Il se retourne pour partir, mais s'incline à nouveau avant de sortir par les grandes portes.

Une fois qu'il est sorti, je me tourne vers Arc.

— Flora est-elle très puissante ? Est-elle digne de confiance ?

— C'est la déesse du Printemps et de la fertilité. Son élément est la terre, mais je ne l'ai jamais vue s'en servir, alors j'ignore à quel point elle est puissante. Elle est restée à l'écart de la plupart des batailles, mais si la Morrigan a tué son mari, elle voudra participer à celle-ci.

Je hoche la tête.

— Je vais en parler à ma mère. Cela signifie que soit la Morrigan ne travaille pas réellement avec Angus, sans quoi elle n'attaquerait pas l'un de ses alliés, ou qu'elle avait un problème personnel avec Favonius. J'espère que Flora pourra nous en dire plus demain.

— Ce qui m'inquiète, c'est le poison, dit lentement Arc. Cela confirme que les dragons sont impliqués et qu'ils sont de mèche avec la Morrigan. Et le seul dragon à qui nous aurions pu poser la question a disparu avec Ada.

— Peut-être devrions-nous la chercher après tout, maintenant que les choses ont changé. Je vais voir si Tamara peut nous prêter des hommes. Cinq personnes ne peuvent pas disparaître comme ça.

Une autre idée me vient à l'esprit.

— Arc, peux-tu faire une liste de tous les dieux et déesses qui nous soutiennent ? Et une autre de tous ceux dont nous savons pertinemment qu'ils sont du côté d'Angus ? Si Flora est prête à changer de camp, elle pourra peut-être convaincre certains de ses amis de la rejoindre.

— Oui, je vais le faire. Il y a aussi quelques dieux neutres, mais je sais que Beira avait l'intention de les inviter pour en parler. Je pense que tu devrais faire de même.

La perspective d'inviter des dieux inconnus à discuter me fait froid dans le dos. Je ne suis toujours pas à l'aise avec eux. L'idée que des dieux nous entourent et se comportent comme des humains normaux… euh, des gens… est encore nouvelle pour moi.

Avant de venir dans le royaume, Beira était la seule déesse que j'avais rencontrée, et elle est différente de toutes les autres. Elle est la mère des dieux, elle n'est pas au même niveau que les autres.

Thor est un peu distant, mais je pense que je pourrais facilement devenir amie avec lui. Certains des autres dieux mineurs sont comme les gens de chez nous, pas du tout intimidants. D'autres en revanche… eh bien, quand j'ai été soudainement confrontée à Hadès, le dieu des Enfers, lors d'un des bals de ma mère, j'ai déguerpi.

— Je suppose que oui, admets-je. Peux-tu demander à quelqu'un de s'en occuper ?

— Oui. Ne t'inquiète pas, nous serons tous avec toi, tout le temps.

Je le serre dans mes bras et respire son parfum chaud.

— Je sais, Arc. Tu ne sais pas à quel point c'est important pour moi de vous avoir tous les quatre.

Il rit.

— Ne commence pas à devenir fleur bleue.

— Fleur bleue ?

— Fleur bleue. Toute mignonne, romantique.

Je secoue la tête, et je décide de ne pas répondre. Les hommes peuvent être bizarres.

JE PASSE le reste de la journée à organiser les recherches pour retrouver Ada et le prisonnier dragon, avant de partir à la recherche de Crispin. Il est introuvable, et il ne vient pas non plus dans la chambre lorsque nous nous retirons tous les quatre pour la nuit. Je me blottis avec mes trois autres gardiens, mais il me manque quelque chose.

J'essaie de m'endormir en écoutant les respirations profondes de mes hommes. Mais cela ne fonctionne pas. J'ai mal à la poitrine, je ressens une tristesse qui n'est pas tout à fait la mienne. Crispin souffre. Est-ce ce qui a poussé Frost à venir me chercher tout à l'heure ? Avons-nous commencé à ressentir la douleur des autres ?

Je me lève en silence, essayant de ne pas marcher sur l'un d'entre eux en sortant du lit. Dans son sommeil, Storm relève la tête et je murmure *toilettes*. Je le regarde hocher la tête avant de se rendormir.

Je me faufile hors de la pièce, suivant la sensation au creux de ma poitrine. Cette fois, elle ne me conduit pas en haut de la tour, mais dehors, dans le froid glacial. J'invoque de l'air chaud et j'en enveloppe tout mon corps, comme avec une cape. Mes pieds laissent des empreintes profondes dans la neige fraîchement tombée lorsque je pénètre dans l'un des jardins. Des perce-neiges blancs bordent les allées, ainsi que des fleurs bleu clair qui ressemblent un peu à des flocons de neige avec leurs feuilles dentelées.

— Crispin ? l'appelé-je dans l'obscurité, suivant toujours la douleur dans ma poitrine. La seule lumière est celle de la lune qui se reflète sur la neige, peignant le jardin d'une couleur jaune pâle et lugubre.

— Tu ne devrais pas être ici, dit sa voix tranquille dans l'ombre.

Je retrouve Crispin allongé sur un banc au centre du jardin ; il observe le ciel nocturne.

— Arrête de te morfondre et parle-moi.

Je suis plus brutale que je l'aurais voulu, mais j'en ai marre qu'il m'évite. Maintenant que je sais qu'il n'est pas en colère contre moi, je suis plus confiante, et je n'ai pas peur de l'empêcher de me repousser.

— Tu ne l'as pas encore lu, n'est-ce pas ?

Sa voix est si pleine de solitude et de résignation que je ne peux m'empêcher de me pencher pour l'embrasser. Il ne répond pas, et ses lèvres ne remuent pas comme le font les miennes.

Maudit soit cet homme ! Pourquoi ne peut-il pas croire que je l'aime, peu importe ce qu'il a fait dans le passé ?

Je me redresse et place les mains sur les hanches, le regardant avec colère.

— Écoute-moi. J'ai tout lu. Oui, c'était douloureux à lire. Oui, j'ai eu mal pour toi. Oui, je me sens toujours coupable de t'avoir fait écrire ça. Mais, tu sais quoi ? Cela n'a rien changé à ce que tu es pour moi. À ce que je ressens pour toi. Rien ne pourra changer cela, et tu sais pourquoi ? Parce que tu es ici, affirmé-je, montrant ma poitrine, à l'endroit où mon cœur la martèle. Et je suis là.

Je touche sa poitrine, je sens les battements de son cœur. Ils sont plus rapides que les miens.

— Maintenant, arrête d'être comme ça et reviens-moi. J'ai besoin de toi. Peu importe ce que tu te dis, tu es à moi et tu le seras toujours, affirmé-je, souriant pour adoucir un peu mes mots. Tu es mon Crispy.

Il ricane amèrement.

— Je ne te comprends pas. Comment peux-tu dire des choses pareilles après avoir lu ce que j'ai fait ? Ce qu'elle m'a fait ? Je suis souillé, Wyn, et je ne serai jamais entier. Je ne suis pas comme les autres. Ils peuvent se donner à toi de tout leur cœur, mais il ne reste pas grand-chose du mien. Elle me l'a enlevé, elle m'a fait effacer mon humanité. Et je sais que je pourrais redevenir comme ça, si elle me capturait. Je referais les mêmes choses. Je tuerais. Je torturerais. Je me coucherais dans son lit si elle me l'ordonnait. Peux-tu vraiment aimer quelqu'un comme ça ? Un monstre ?

Il s'est assis pendant qu'il parlait, et des larmes brillent dans ses yeux, reflétant la lumière de la lune. Je me mets à genoux et je prends ses mains dans les miennes, je les serre fort.

— Tu n'es pas un monstre. Et cette sale garce ne posera plus jamais la main sur toi. Je la tuerai avant qu'elle ne s'approche de toi. Tu es libéré d'elle, Crispin. Tu n'es plus seul. Tu m'as, moi, et tu as les garçons. Tu n'as pas à combattre tes démons tout seul.

Il me regarde et une larme roule sur sa joue.

— Même si les démons sont réels ?

Je souris et je serre à nouveau ses mains.

— Même là. Surtout là. Les vrais démons peuvent être tués. Nous allons nous charger d'elle, et tu seras libre.

Enfin, il me fait un petit sourire et essuie ses larmes.

— Tu es vraiment une princesse, Wyn. Non… tu es une reine.

CHAPITRE

DIX

Lorsque je me réveille cette fois-ci, mes quatre gardiens sont dans le même lit que moi. Crispin nous a rejoints après notre discussion dans le jardin, et les autres lui ont fait de la place sans dire un mot. On dirait que tout est redevenu comme avant que ma vie ne s'écroule.

Aujourd'hui, je vais rencontrer une ennemie pour la première fois. Enfin, une ennemie politique, et je ne compte pas tous les démons que nous avons tués. Il s'agissait d'ennemis d'un tout autre niveau. Pour eux, la tactique consistait à attaquer et frapper. Avec Flora, je dois user d'une méthode différente.

Mais je veux d'abord entendre ce qu'elle a à dire. Il y a peut-être une raison pour laquelle la Morrigan a tué le mari de la déesse du Printemps. Ce serait plus facile de la rallier à notre cause. Je peux lui promettre que nous traduirons la Morrigan en justice, chose qu'Angus n'a sans doute pas pu lui donner.

Je vais rencontrer beaucoup de dieux dans les prochains jours. Flora aujourd'hui, puis plusieurs des dieux neutres demain. Tamara a insisté pour que nous organisions une fête

129

pour eux ; elle prétend que c'est la seule façon de s'assurer qu'ils viendront. Elle a également convié certains dieux dont nous savons qu'ils sont de notre côté, dans l'espoir qu'ils aideront à persuader les neutres que nous sommes les gentils.

Je ne vois pas pourquoi quelqu'un se battrait aux côtés de la Morrigan. Elle est mauvaise jusqu'au bout des ongles et ne se soucie pas des autres. Tout ce qui l'intéresse, c'est son propre pouvoir.

Quant à Angus… eh bien, on m'a dit que la plupart des dieux qui le soutiennent le font par habitude. Soit ils ont été créés par lui, soit ils sont ses alliés depuis des siècles, voire plus. Pour eux, cela pourrait n'être qu'une nouvelle guerre entre Angus et Beira, sans que le sort du royaume de l'Hiver soit dans la balance. Si Angus ou la Morrigan s'emparait de ma mère et de son pouvoir, ce serait le chaos. L'équilibre doit être maintenu, quoi qu'il en coûte.

Je grimace. Dire que je suis là, à faire des déclarations pompeuses comme ça ! Je me transforme vraiment en princesse. Une princesse avec beaucoup de responsabilités.

Il faudrait vraiment que je me lève et que je commence à établir ma liste de choses à faire. Je n'ai mis les pieds dans le bureau de ma mère qu'une seule fois, et je sais que beaucoup de tâches m'y attendent. Des choses à signer, des lettres auxquelles répondre, des budgets à approuver. Je pense que Tamara s'occupe de la plupart des sujets mineurs, mais parfois, une signature royale est nécessaire. J'ignore comment elle fait cela. Tamara est une force de la nature.

Je bâille bruyamment pour montrer aux garçons qu'il est temps de commencer la journée. Un bras se glisse autour de ma taille et me rapproche. *Storm.*

— Nous devons nous lever, protesté-je, mais il se contente de me plaquer contre son corps chaud et de m'entourer de son autre bras.

— Je m'assure simplement que tu vas bien, murmure-t-il d'une voix endormie.

— Je vais bien, pourquoi en doutes-tu ?

Frost ricane.

— C'est son excuse pour te prendre dans ses bras. Je vais devoir moi aussi vérifier que tu vas bien ensuite.

— Les gars, je n'ai pas le temps pour ça, soupiré-je, même si mon corps proteste contre mes paroles.

J'ai envie qu'ils soient tous proches de moi, à me toucher.

— Est-ce que nous pourrions faire ça debout, en cercle ? suggéré-je. C'est plus rapide.

— Tu veux dire, nous debout et toi à genoux ? me chuchote Storm à l'oreille, et je sens mes joues rougir.

— Non, je veux parler d'un cercle de câlins. Rien que des câlins. Des câlins amicaux. Comme des amis, quoi. Vous savez, sans tous ces trucs sexuels qui prennent du temps.

Les garçons éclatent de rire.

— Peut-être devrions-nous lui montrer qu'il n'est pas toujours nécessaire de prendre beaucoup de temps, ricane Frost, et je rougis encore plus. On pourrait sauter les préliminaires.

— Qu'ai-je fait pour mériter ça ? soupiré-je d'un ton dramatique. Mais, en tant que princesse, je t'ordonne d'arrêter de me toucher.

— J'adore quand elle utilise l'argument de son rang, ricane Arc. C'est trop mignon.

Avec un sourire diabolique, j'envoie une bouffée d'air très froid sous les couvertures et entre ses jambes. Il glapit et se lève d'un bond, s'emmêlant dans la couette et manquant de tomber du lit.

— Euh, qu'est-ce qui vient de se passer ? demande Crispin, l'air désemparé, et je lui fais subir le même traitement.

Tout comme Arc, il saute et crie. Les deux frères décident qu'ils ne veulent pas savoir ce que je suis en train de faire, et, avec un soupir, ils se joignent aux autres. Maintenant, je suis seule sur le grand lit, et je savoure la vue d'eux nus tout autour de moi. Je devrais leur demander de se promener nus plus souvent. Ils sont beaux à tous les bons endroits.

— Tu es en train de nous mater ? s'enquiert Frost, haussant les sourcils. Ce n'est pas très poli.

— Si tu n'aimes pas que je te regarde, tu ferais bien de t'habiller.

— Observe bien, dit Arc, pointant du doigt son sexe à moitié érigé. Celui-ci t'attendra sous mon kilt toute la journée.

Juste au moment où mes joues reprenaient une couleur normale… Il faut vraiment que j'arrête de rougir autant.

Je me détourne d'eux et sors du lit, me dirigeant vers mon immense armoire. Elle est remplie de robes, mais j'ai également réussi à convaincre la couturière de me confectionner des chemises et des pantalons. Je sais qu'elles aiment toutes porter des robes ici, mais ce n'est pas vraiment mon style.

Mais aujourd'hui, je devrais porter quelque chose d'impressionnant. Quelque chose qui montre mon pouvoir et mon statut.

Finalement, j'opte pour une robe bleu foncé faite d'un tissu brillant et lourd qui me colle au corps. Des fils d'or décorent l'encolure et les manches, seul ornement de cette robe par ailleurs très simple. Néanmoins, je pense que l'absence de fioritures et de décorations inutiles prouve que je prends notre visiteuse au sérieux, tandis que l'or et la qualité du tissu sont la preuve de mon statut.

J'ajoute une broche avec les armoiries de ma mère. Seuls les membres de la famille royale sont autorisés à la porter… donc, ma mère et moi. Elle m'a offert toute une parure de ces bijoux, y compris un lourd collier, mais, pour aujourd'hui, la broche suffira.

Une fois habillée et prête, je me passe une main dans les cheveux. Je ne suis toujours pas habituée à ce qu'il m'en manque la moitié.

— Je crois que j'ai besoin d'un coiffeur, soupiré-je. Je ne peux pas aller voir Flora comme ça, et je ne veux pas continuer à porter des foulards. Les gens vont bientôt poser des questions à ce sujet.

— Tu pourrais raser l'autre côté, suggère Crispin. Puis tresser les cheveux restants. Cela te donnerait l'allure d'une guerrière *badass*.

— Ou alors, tu rases tout. Tu pourrais lancer une tendance, ajoute Frost. Si ça peut aider, je me raserai aussi.

Je lui lance un regard noir.

— Ne t'avise pas de faire ça ! Garde tes cheveux tels qu'ils sont. La seule personne autorisée à se faire couper les cheveux, c'est Storm.

— Pourquoi moi ? demande le gardien en question. Tu n'aimes pas mes cheveux ?

— Si, mais ce serait amusant que tu aies la même coupe de cheveux que ton frère. Vous pourriez jouer des tours aux gens… Tu sais, comme les jumeaux sont censés le faire. Mais il faudrait d'abord que tu te débarrasses de cette mine renfrognée.

— Je n'ai pas une mine renfrognée.

— Bien sûr que si. Maintenant, habille-toi. Arc, tu es le seul à être prêt, pourrais-tu me trouver un coiffeur quelque part ? Il doit bien y en avoir un dans ce palais.

— Je pourrais te trouver des ciseaux…

— Un coiffeur. Maintenant.

Je porte une perruque. *Une foutue perruque.* En fin de compte cela semblait être la meilleure option. Je n'étais pas assez courageuse pour l'option princesse guerrière.

La perruque ressemble presque à mes vrais cheveux, mais je ne peux m'empêcher d'y passer la main, gênée.

— Ne t'inquiète pas, c'est joli, me rassure Frost alors que nous nous dirigeons vers la salle du trône.

Il est affecté auprès de moi aujourd'hui : Storm travaille avec Gwain, Crispin s'occupe de ma mère, et Arc aide Tamara pour une affaire d'espionnage. Storm a essayé d'insister pour que j'aie deux gardiens avec moi en permanence, mais il s'est rendu compte que tout le monde était trop occupé pour ça.

— As-tu déjà rencontré Flora ? lui demandé-je, passant en revue dans ma tête ce que j'ai lu sur elle hier soir avant d'aller me coucher.

— Une seule fois, mais je ne m'en souviens pas vraiment. Elle ne semblait pas très intéressante à l'époque. Il y avait des ragots sur le fait qu'elle sortait avec Fav, mais je ne m'y intéressais pas du tout.

— Sortir ? C'est une drôle de façon de décrire les relations entre les dieux.

— Ils ne sont pas aussi pieux que les gens le pensent, explique-t-il. Ils ont tous leurs défauts et leurs faiblesses. Il est plus facile de considérer les dieux comme une espèce à part entière, au même titre que les gardiens et les humains. Ils ont peut-être un peu plus de pouvoir, mais cela ne les rend pas plus intelligents.

— Je pense que la plupart des dieux ne seraient pas d'accord avec cette affirmation.

Tamara nous attend devant les grandes portes qui mènent à

la salle du trône. Elle sourit largement devant la déclaration de Frost, comme si elle était entièrement d'accord avec lui. Je suppose qu'elle a beaucoup de relations avec les dieux, qu'ils en soient conscients ou non. Elle a des espions dans tous leurs royaumes, qui sont susceptibles de l'informer des choses peu recommandables qu'ils mijotent.

— Ma chérie, vous êtes ravissante, me dit-elle en observant ma robe de haut en bas. La broche ajoute une jolie touche. Dois-je aussi aller vous chercher le diadème ?

Je secoue la tête, craignant qu'il ne fasse glisser la perruque de ma tête. C'est peu probable, mais je n'ai pas encore confiance en cette chose poilue.

— Flora vous attend à l'intérieur. J'ai pris la liberté de faire partir tout le monde, à l'exception de quelques gardes, bien sûr. Avez-vous besoin d'autre chose ?

— Comment va ma mère ?

Je n'ai pas eu le temps d'aller la voir avant de venir ici. Je me sens mal, mais je sais qu'elle préférerait que je me concentre sur mes fonctions royales plutôt que de rester à son chevet.

— Elle va bien. Crispin venait d'arriver quand je suis partie, donc elle est entre de bonnes mains. Ne vous inquiétez pas, vous vous débrouillerez très bien. On se voit à la réunion du conseil.

Elle sourit et se précipite dans le couloir, nous laissant seuls, Frost et moi. Je prends une grande inspiration.

— Allons-y.

Flora attend près du trône, dos à la porte, mais elle se retourne en nous entendant arriver. Frost reste près de l'entrée, me surveillant tout comme les autres gardes qui sont dispersés dans la salle. Apparemment, je vais devoir faire ça seule.

La déesse du Printemps me fait une profonde révérence,

attendant dans cette position que je me rapproche d'elle. J'admire ses compétences en matière de protocole ; les miennes sont encore très insuffisantes. J'ai failli tomber une ou deux fois, mais heureusement, on n'attend pas d'une princesse qu'elle en fasse beaucoup.

— Relevez-vous, s'il vous plaît, lui dis-je, et elle lève les yeux sur moi, me montrant son visage pour la première fois.

Elle est belle. Non, elle est stupéfiante. Sa peau de porcelaine met en valeur ses yeux dorés et ses joues roses, encadrés par des boucles blondes brillantes. Ses cheveux sont maintenus en arrière par une couronne de fleurs de mai, dont les pétales blancs sont presque de la même couleur que sa peau sans défaut.

Sa robe ivoire, presque translucide, s'enroule autour de son corps comme une toge, dévoilant une grande partie de sa silhouette exquise. Elle doit être frigorifiée, car ce n'est vraiment pas le genre de vêtements à porter dans le royaume de l'Hiver. Elle me fait penser à une orchidée blanche, délicate, mais avec une force intérieure. C'est tout à fait approprié, compte tenu de son nom.

— Votre Altesse, dit-elle d'une voix si douce qu'elle ressemble à un murmure. Merci de me recevoir.

C'est alors qu'elle me regarde droit dans les yeux et que je reconnais quelque chose de très familier. Le deuil. Une tristesse sans fond. Je décide de renoncer aux formalités et de la conduire dans l'une des alcôves sur le côté droit de la pièce, plutôt que de monter sur le trône.

Deux bancs de pierre se font face, séparés par une petite table que les nobles aiment pour jouer aux échecs ou à d'autres jeux. Flora semble un peu surprise par ce manquement au protocole, mais elle se glisse sur l'un des sièges avec plus d'élégance que je n'en aurai jamais. Je m'assieds en face d'elle, sans trop savoir par où commencer. Je suis comme un poisson hors de l'eau à qui l'on a enfilé une robe et à qui l'on a demandé de se comporter de manière royale.

— Je suis désolée pour votre perte.

— Merci, Votre Altesse.

Voilà pour la partie la plus facile. Décidant de renoncer aux politesses et autres bavardages, je me lance directement.

— Votre messager a dit que votre mari a été assassiné ? Avec le poison d'un dragon noir ?

Ses yeux s'écarquillent légèrement, mais elle reste calme.

— Oui, Votre Altesse. Nous l'avons trouvé au matin, une plume de corbeau sur le torse. Il y avait du sang sur ses lèvres, et le guérisseur a ensuite trouvé des traces de poison sur sa langue. Il dit que c'était quelque chose que Fav a mangé.

Elle marque un temps d'arrêt, puis lance :

— Je crois que cela m'était destiné. Comme j'étais en retard pour le dîner, il a commencé à manger tout seul, et j'ai pris un en-cas dans les cuisines avant d'aller me coucher. Il a peut-être pris quelque chose dans mon assiette,

Elle s'interrompt et déglutit difficilement.

— Est-il plus probable que la Morrigan ait voulu vous tuer plutôt que votre mari ? lui demandé-je gentiment.

Elle grimace à la mention de la Morrigan, mais retrouve rapidement son calme.

— On m'a donné des informations, dit-elle lentement.

— Une de mes espionnes a trouvé quelque chose par hasard… elle me l'a dit, mais elle a été tuée en même temps que mon mari. Je suis la seule à savoir ce qu'elle a trouvé.

Voilà qui rend les choses beaucoup plus intéressantes.

— Votre mari ne l'a jamais su ?

— Non, il ne s'impliquait pas beaucoup dans les affaires, explique-t-elle en reniflant. Il n'y avait aucune raison pour que quelqu'un le tue.

— Quelle est l'information, si elle vaut la peine qu'on tue pour ça ?

— Je veux une protection pour moi et ma famille. Mes soldats participeront à votre guerre, mais les gens ordinaires de mon royaume ont besoin d'être protégés. Ma maison est bien plus proche du royaume de l'Été ; Angus voudra sans doute se venger de moi lorsqu'il apprendra que je suis venue vous voir.

— Pourquoi Angus voudrait-il se venger ? Tu n'es sûrement pas la seule à songer à le quitter ?

— Ce n'est pas ça.

Elle s'interrompt.

Puis elle me regarde droit dans les yeux, un soupçon d'acier dans le regard.

— Mon espion l'a vu rencontrer la Morrigan. Et je peux vous dire où ils se verront à nouveau.

CHAPITRE
ONZE

— Nous n'avons pas les effectifs nécessaires pour protéger un autre royaume ! s'écrit Magnus par-dessus le bruit. Nous n'avons pas non plus les ressources nécessaires,

— Elle pourrait nous donner des informations vitales sur l'endroit où nous pouvons trouver la Morrigan, rétorque Storm, sans même prendre la peine d'élever la voix. Si nous savons où elle se cache, nous avons l'avantage. Nous pouvons l'attaquer avant qu'elle n'ait rassemblé toutes ses forces.

— Qui dit qu'Angus a rencontré la Morrigan dans sa cachette ? Ils auraient pu choisir un endroit au hasard en territoire neutre ! Flora pourrait bluffer pour obtenir notre aide.

Le trésorier a le visage rouge. Même si je n'aime pas cet homme, je dois au moins répondre à ses doutes.

— Gwain, ce que dit Magnus est-il vrai ? demandé-je, me tournant vers le maître d'armes à ma gauche. Nous n'avons pas assez de soldats pour protéger son royaume ?

— Si elle ne disposait pas d'une armée propre, ce serait un

141

problème. Cependant, elle dispose d'un grand nombre de soldats. Son armée n'est pas de la taille de la nôtre ou de celle d'Angus, mais tout de même assez impressionnante pour un royaume de cette taille. Je ne crois pas qu'elle essaie d'obtenir ce type de protection. Ce qu'elle veut, c'est que vous annonciez publiquement qu'elle est votre alliée. Cela signifie que si quelqu'un l'attaque, vous la défendrez. Ce qui, espérons-le, dissuadera quiconque de s'en prendre à elle.

Je hoche la tête.

— C'est logique. Comment Angus réagira-t-il si je m'allie à Flora ?

Storm ricane.

— Il ne sera pas content.

— Il regrettera que sa première tentative d'assassinat n'ait pas fonctionné, dit Tamara, les lèvres frémissantes. Je suis sûre qu'il était au courant de la tentative d'assassinat contre Flora, si c'est bien elle qui était visée et non son mari. Il est probable qu'il fera une nouvelle tentative, même une fois qu'elle nous aura révélé son secret. Il doit montrer à ses alliés comme à ses ennemis que quiconque le trahit devra en subir les conséquences.

— Devrions-nous garder Flora ici, pour sa protection ?

Gwain acquiesce.

— Oui, ce serait souhaitable. Le temps nous a montré que le palais n'est plus aussi impénétrable que nous le souhaiterions, mais il reste l'endroit le plus sûr pour la déesse du Printemps. Je peux envoyer certains de mes officiers dans son royaume pour aider aux défenses.

— Et qui va payer pour cela ? s'emporte Magnus, toujours debout pendant que les autres sont assis autour de la grande table.

— Vous, lui dis-je, masquant un sourire. Les coffres royaux

devraient être là pour aider à défendre le royaume, directement comme indirectement. Quel est le problème ? Sommes-nous à court d'argent ?

Il se tord les mains, visiblement agacé que je ne le prenne pas au sérieux.

— Non, princesse, nous avons suffisamment de ressources.

— Alors, quel est le problème ? J'ai du mal à comprendre, Trésorier.

— Nous devrions d'abord nous concentrer sur les nôtres ! explose-t-il. Qu'on laisse Flora s'occuper d'elle-même, nous avons assez à faire pour protéger notre propre royaume.

Un silence mortel retombe dans la pièce.

— Sortez, dis-je d'une voix calme et mesurée.

Intérieurement, je bouillonne, mais je ne le laisserai pas le voir. Pour qui se prend-il ?

— Ce n'est pas ainsi que je vais gouverner. Je ne vais pas me mettre des œillères et ignorer ce qu'il se passe en dehors de ce royaume. Si quelqu'un vient nous demander de l'aide, nous la lui apporterons, du mieux que nous le pourrons. Ce n'est qu'en étant tous unis que nous pourrons vaincre nos ennemis.

Il m'adresse un regard haineux, puis il claque la porte derrière lui. Je soupire profondément.

— Tamara, aurions-nous quelqu'un susceptible de reprendre le rôle de notre trésorier bien-aimé ?

Je sais que je les ai tous choqués. Ils ne s'attendaient pas à ce que je renvoie l'un des membres du conseil, et encore moins à ce que je veuille le remplacer. Eh bien, regardez-moi, les gars. Quand ma mère sera remise sur pied, elle pourra toujours le réintégrer, mais, pour l'instant, il restera hors de ma vue. Je ne l'ai jamais apprécié, et je ne supporterai pas son attitude raciste.

— Son assistant, Leo, est un jeune homme brillant, répond

lentement Tamara. Il n'a pas l'expérience de Magnus, mais il est intelligent et entreprenant.

— Qu'il vienne me voir plus tard, ordonné-je. Voyons s'il est possible d'amener des esprits nouveaux au sein de ce conseil.

Tous se redressent à ces mots. Ils sont sans doute en train de se demander si je ne vais pas aussi remplacer certains d'entre eux. Comme si j'en avais l'intention. Magnus ne m'a pas vraiment laissé le choix. Je ne pouvais pas ignorer de telles déclarations.

— Pouvons-nous poursuivre ? Je parlerai à Flora plus tard, et peut-être Gwain et Storm souhaiteront-ils être présents. Mais, d'abord, y a-t-il d'autres affaires dont nous devrions discuter ?

Zephyr lève la main, presque timidement. A-t-il soudain peur de moi ?

— Lucifer a envoyé un message. Votre mère l'a chargé d'en apprendre davantage sur le poison du dragon noir lorsque vous avez failli être tuée. Il dit qu'il n'a pas pu pénétrer dans le royaume du dragon. Ils se sont barricadés, personne ne peut entrer ou sortir.

— Essaient-ils de se protéger de la guerre à venir ? demandé-je.

— J'en doute, dit Gwain, ses doigts jouant avec sa barbe pendant qu'il réfléchit. Quelque chose d'autre se trame là-bas. J'aimerais que nous ayons le temps d'y réfléchir, mais pour l'instant, nos priorités sont ailleurs, à mon avis.

— Je suis d'accord. Ils n'ont pas l'air de vouloir nous aider, mais du moment qu'ils ne font rien de menaçant, ignorons-les.

Zephyr acquiesce et prend une note sur l'un des nombreux papiers qu'il a devant lui. Je ne sais toujours pas quel est son rôle exact au sein du conseil. Il n'y a pas d'oiseaux ici qu'il pourrait garder, et la plupart des messages sont envoyés par des liens mentaux ou des messagers. Si un garde peut voler beaucoup plus vite que les oiseaux, pourquoi utiliser des pigeons voyageurs ?

Il semble beaucoup aider les autres. Je l'ai vu prendre des ordres de Tamara et aider Algonquin à la bibliothèque, mais ce pourrait simplement être une excuse pour passer du temps avec son petit ami. Je ne suis pas sûre que tout le monde sache que ces deux-là forment un couple, mais à mes yeux, c'est plutôt évident.

Si ma mère a inclus Zephyr dans son conseil, c'est qu'elle a une bonne raison pour cela. Il doit être utile, d'une façon ou d'une autre, même si ce n'est pas évident au début.

Je regarde autour de moi.

— Y a-t-il autre chose dont nous devrions discuter ?

— J'ai envoyé des éclaireurs à la porte nord, dit Gwain, me rappelant notre discussion d'hier. Nous devrions avoir des nouvelles d'eux demain au plus tard. Une tempête de neige se prépare, leur progression est donc plus lente que je ne l'espérais.

— Bien, informez-moi dès que vous avez des nouvelles, bonnes ou mauvaises.

— Plusieurs dieux ont annoncé qu'ils participeraient à votre fête demain, m'informe Tamara avec un sourire enjoué. J'ai demandé au personnel du palais de préparer un banquet.

Je frémis intérieurement. Je pensais que maintenant que nous étions en guerre, je n'aurais plus à assister à des bals et à des festivités. Pas de chance. Les dieux veulent être divertis, et c'est ce que nous ferons. J'espère que ce sera un moyen efficace de savoir qui nous soutient et qui ne le fait pas.

— Pouvez-vous me préparer une liste de tous les participants ? lui demandé-je, tout en sachant que je n'aurai sans doute jamais entendu parler de la plupart d'entre eux. J'espère avoir un peu de temps ce soir pour faire des recherches, ou demander à l'un des garçons de m'expliquer qui est important et qui je peux ignorer.

— Bien sûr, considérez que c'est fait. Thor sera également présent, et il amènera aussi sa fille. Je ne sais pas trop pourquoi, mais il voulait que je vous le fasse savoir.

Oh, non ! Il veut que j'aie une discussion entre filles avec elle. Cela ne pouvait pas tomber plus mal, mais il est l'un de nos plus proches alliés et je ne peux pas me permettre de le contrarier.

— Est-ce que nous en avons fini ici ? m'enquiers-je, me levant pour poser sur eux un regard où mon impatience se lit sans peine. Je dois aller voir la déesse du Printemps. Gwain, Storm, vous venez avec moi.

Un garde du palais nous conduit dans l'un des jardins. Je suis un peu surprise, j'aurais cru que Flora se sentirait plus à l'aise dans une pièce avec une cheminée, pas ici dans le froid. Mais quand je la vois assise au milieu des fleurs, alors que la neige a fondu et que les pétales ont pris des couleurs, je comprends pourquoi elle est là. Elle est la déesse du Printemps, et elle est connectée à la nature. Je pourrais jurer qu'il y a de nouvelles fleurs parmi celles qui me sont familières. Les a-t-elle vraiment fait pousser depuis qu'elle est notre invitée ?

Elle semble plongée dans ses pensées, et ne se rend compte de notre présence que lorsque nous sommes en face d'elle.

Elle lève les yeux et je lui adresse un sourire amical.

— Flora, j'aimerais vous présenter Gwain, notre maître d'armes, et Storm, son second. Vous deux, voici Flora, la déesse du Printemps.

— C'est un plaisir, répond aussitôt Gwain, tandis que Storm lui adresse un bref signe de tête.

— Nous nous sommes déjà rencontrés. Navré pour Fav.

Même pour Storm, cela semble plutôt brusque, mais je laisse tomber pour l'instant.

— Pourrions-nous aller à l'intérieur ? suggéré-je.

Je ne m'inquiète pas tant du froid que des yeux et des oreilles qui pourraient se dissimuler dans le jardin. Je préfère de loin une pièce où je peux bloquer les portes pour que personne ne puisse écouter.

Je les conduis dans un salon au hasard, parmi les dizaines, voire les centaines que compte ce palais, et je ferme soigneusement la porte, en ajoutant un peu de magie pour l'insonoriser.

Une fois que tout le monde a pris place, je mets de l'ordre dans mes pensées. C'est mon premier grand test en matière de diplomatie et de négociation. J'ai intérêt à ne pas tout gâcher.

— Flora, nous venons de tenir notre réunion du conseil, et nous avons pris une décision.

Commencer lentement, susciter des attentes, voir sa réaction. C'est ma stratégie. Je ne sais pas si c'est logique. Mais c'est mieux que de tout balancer, ce qui serait la voie la moins stratégique.

Elle lève un sourcil parfaitement épilé, mais elle attend que je continue.

— Certains de mes conseillers étaient sceptiques quant aux avantages qu'il y aurait pour nous à annoncer que vous êtes sous notre protection.

Je ne mentionne pas que l'avantage évident pour nous serait le soutien de son armée. Elle le sait, je le sais, mais faisons comme si de rien n'était.

— Toutefois, j'ai réussi à les persuader que nous pouvions en faire un accord mutuellement bénéfique. Nous annoncerons publiquement que vous êtes désormais notre alliée et que vous et votre royaume êtes sous notre protection. Nous vous hébergerons ici, au palais, où vous serez le plus en sécurité. Vous disposerez de tout ce dont vous avez besoin et du soutien du personnel du palais. Gwain enverra certains de ses officiers dans votre royaume afin de coordonner l'action de votre propre armée, de sorte que nous puissions unifier notre approche de la défense de nos deux royaumes. Cela vous convient-il jusqu'à présent ?

— Oui, Votre Altesse.

Elle sourit, et je fais de même. J'ignore pourquoi elle m'appelle tout le temps altesse. Elle est une déesse, je ne le suis qu'à moitié. Théoriquement, elle est à des kilomètres au-dessus de moi.

— En échange, vous nous fournirez des informations sur la Morrigan et Angus. Vous vous engagez également à soutenir votre armée si nous en avons besoin en cas d'attaque du royaume de l'Hiver. Là encore, les détails pourront être réglés avec Gwain. J'aimerais également que vous nous procuriez des informations sur qui soutient Angus, et qui pourrait être disposé à changer de camp. Si d'autres personnes se trouvent dans une situation similaire, nous devons le savoir.

Flora acquiesce plusieurs fois, ses cheveux se balançant de haut en bas.

— Je suis d'accord. J'ai encore une demande à formuler, dit-elle d'une voix ferme, mais amicale. Mon mari n'a pas encore été incinéré. J'aimerais que ses funérailles aient lieu ici, à l'endroit où il a été créé.

Je déglutis difficilement, me rappelant une fois encore que la mort m'accompagne ces derniers temps. La Morrigan tue des gens et nous ne pouvons rien y faire. Du moment que mon père est en vie… j'aimerais être sûre qu'il va bien. Mais ce n'est pas le bon mot. Bien sûr qu'il ne va pas bien. Il n'ira plus jamais bien. Ma mère est morte, tuée sous ses yeux, et sous les miens, d'une certaine manière. J'entends encore ses hurlements résonner dans mon esprit.

— Bien sûr. Je vais demander à l'un de mes collègues de prendre les dispositions nécessaires, répond Storm à ma place, m'adressant un regard entendu.

J'aurais bien besoin d'un câlin maintenant, mais je dois d'abord m'occuper de Flora. D'abord mes devoirs de princesse, puis je m'autoriserai à ressentir les émotions de Wyn.

— Avez-vous d'autres membres de votre famille que vous aimeriez voir se joindre à vous ici ? demandé-je à la déesse.

Je ne m'attends à rien, mais j'essaie de rester polie malgré tout.

— Non, dit Flora à voix basse. Contrairement à Beira, les autres divinités n'ont pas le droit d'avoir des enfants.

Je déglutis à nouveau, essayant de ne pas le prendre personnellement. Elle est en deuil, et elle aurait voulu avoir quelqu'un pour l'aider à surmonter cette épreuve. Peut-être a-t-elle des amis parmi les dieux qui viendront au bal demain. Cela pourrait la réconforter un peu.

— Gwain, pourriez-vous rédiger un contrat pour mettre par écrit ce dont nous venons de discuter ? demandé-je au maître d'armes.

— Bien sûr, Votre Altesse. Je vous le présenterai à toutes les deux pour signature avant le dîner. D'ici là, je pourrai vous donner la liste des officiers que je recommande pour voyager jusqu'au royaume du Printemps. Storm, dis-moi si tu vois quelqu'un qui devrait y aller.

— Flora, seras-tu en mesure de nous donner les informations promises ? lui demandé-je, tâchant de ne pas paraître trop impatiente.

Grâce à elle, nous pourrons nous rapprocher de la Morrigan,

mais plus nous tardons à en savoir plus, moins il y a de chances qu'elle soit encore là où Angus l'a rencontrée.

Elle fronce les sourcils.

— Une fois que nous aurons signé l'accord. Ne le prenez pas personnellement, mais je fais cela pour les citoyens de mon royaume, pas pour moi. Je dois m'assurer qu'ils sont en sécurité avant de céder ma seule monnaie d'échange.

Je hoche la tête.

— Je comprends. Croyez-moi, je ferais la même chose.

M'adressant un sourire tendu, elle se lève avec grâce.

— Y a-t-il une chambre où je pourrais me retirer ? J'aimerais me rafraîchir un peu.

Après une collation rapide dans les cuisines, un câlin avec Storm, suivi d'un peu plus qu'un câlin, et plusieurs heures passées dans le bureau de ma mère, je suis prête à rencontrer Flora à nouveau. Pour la troisième fois aujourd'hui. Si cela continue ainsi, elle pourrait bientôt devenir ma meilleure amie. Ou du moins, ma meilleure ex-ennemie.

Je sonne la cloche magique qui se trouve sur le bureau de ma mère et, un instant plus tard, une servante arrive. Être une princesse a ses avantages.

Je lui demande de faire venir Flora, Gwain et Storm, et d'aller chercher des boissons et des pâtisseries à la cuisine. Mon estomac grogne depuis une heure, et qui sait combien de temps cela va durer. Nous ne pourrons peut-être pas dîner de sitôt.

— Frost, tu peux t'en aller, Storm sera là d'un moment à l'autre.

Mon gardien est resté assis dans un coin à lire. Il doit s'ennuyer, à force de m'avoir suivie toute la journée. J'ai été plus que tentée de céder à son charme et de passer des moments privilégiés avec elle plutôt que de m'occuper des affaires de l'État, mais je sais que ma mère compte sur moi. Je veillerai à me rattraper au lit ce soir.

— Je vais rester, si ça ne te fait rien. J'ai déjà rencontré Flora et j'aimerais lui dire bonjour.

Youpi ! Un autre gardien pour m'apporter un soutien moral. J'aimerais les avoir tous les quatre ici. Leur présence m'apaise, même s'ils sont simplement dans la pièce, comme Frost en ce moment.

Gwain et Flora arrivent en même temps. En gentleman, Gwain lui tire sa chaise et attend que la déesse se soit assise avant de prendre place à son tour. Le bureau de ma mère est grand, et il contient non seulement la table de travail derrière laquelle je me trouve, mais aussi une petite table de réunion avec cinq chaises confortables autour. Des étagères bordent le mur, mais je n'ai pas encore eu le temps d'y jeter un coup d'œil. Je suppose que ces livres sont tous liés à la politique et à l'histoire du royaume ; je ne m'attends pas vraiment à ce que ma mère lise des romans d'amour dans son bureau. Ou qu'elle en lise tout court.

Je devrais peut-être lui apporter des livres dans sa chambre. Une fiction légère, quelque chose qui la fasse sourire. J'aurais aimé avoir mes propres livres avec moi. Ils sont toujours à Édimbourg, si personne n'a pillé la maison après l'enlèvement de mes parents. J'imagine que les démons ne s'intéressent pas aux romances fantastiques qui les concernent, mais on ne sait jamais. Chesca était une démone inhabituelle ; qui peut dire si elle était la seule dans son genre.

Storm est le dernier à arriver, avec une assiette de petits pains chauds et de petits gâteaux.

— J'ai croisé un servant en chemin, dit-il avec un grand

sourire, tout en grignotant un scone au fromage. J'ai décidé de l'aider à porter ça,

— C'est très gentil de ta part, le taquiné-je. Tu es un tel gentleman.

Flora essaie manifestement de cacher un sourire. J'ignore si elle sait que Storm et moi sommes ensemble. Après avoir salué la déesse quand elle est entrée, Frost est retourné dans son coin avec un livre. Mais je sens sa présence, le lien qui nous unit me réchauffe.

Gwain s'éclaircit la gorge et dépose sur la table une pile de papier, deux plumes d'oie à l'ancienne et un pot d'encre. Sur le bureau de ma mère, il y a des stylos et des crayons normaux, mais, apparemment, nous passons au traditionnel pour les occasions officielles. J'espère que je ne me ridiculiserai pas en laissant des traces d'encre sur le contrat. Ce serait tellement moi !

Le maître d'armes nous remet à chacune un exemplaire, et je le lis. Il y a beaucoup de paragraphes et de clauses différents, dans un langage compliqué et élaboré. Cependant, je suppose que si Gwain a rédigé ça, c'est dans l'intérêt du royaume, et qu'il n'y a pas de clauses qui devraient m'inquiéter.

— J'en ai également remis une copie à votre mère, me dit-il avec un sourire entendu. Elle a tout approuvé et est heureuse que vous signiez à sa place.

Cette deuxième phrase m'agace. Devant Flora, cela pourrait donner l'impression que je n'avais pas les pleins pouvoirs pour négocier avec elle auparavant, et que j'ai besoin de la permission de ma mère. Elle m'a explicitement dit que ce n'était pas le cas ; je peux lui demander conseil à tout moment, mais je peux parfaitement prendre mes propres décisions. Je suis fière qu'elle m'accorde une telle confiance.

— Cela me paraît bien, murmure Flora en parcourant le

document des yeux. Je suis heureuse de signer, si vous l'êtes, Votre Altesse.

— Appelez-moi Wyn, lui dis-je d'un ton amical.

Je signe le contrat avec un grand geste, plus accidentel que volontaire, mais ils n'ont pas besoin de savoir que la plume a failli me glisser de la main. Je tends ma feuille de papier à Flora et je prends la sienne en échange, signant un peu plus soigneusement cette fois-ci.

Une fois les contrats posés sur la table, je souris à la déesse.

— Vous êtes maintenant officiellement une alliée du royaume de l'Hiver. Je l'annoncerai demain au bal et je demanderai à notre maître des ailes de répandre le message à nos autres alliés et amis. Gwain, avez-vous choisi qui vous allez envoyer au royaume du Printemps ?

Il acquiesce et me tend une liste de noms que je ne connais pas.

— Storm et moi nous sommes mis d'accord sur tous ceux-là. L'un d'entre eux, Jula, possède la magie de l'esprit et pourra communiquer avec nous ici au palais, en cas de besoin.

Je sais à quel point il est rare que des gardiens maîtrisent une telle magie, et, à voir l'air surpris de Flora, elle le sait aussi. C'est un grand geste, et je suis sûre qu'elle l'apprécie.

— Merci, Gwain. Avec un peu de chance, le temps que la nouvelle arrive aux oreilles d'Angus, ils seront déjà dans le royaume de Flora, prêts à passer à l'action si nécessaire.

— Bien sûr, ma princesse, je les enverrai dès que nous aurons terminé cette réunion.

Je souris.

— Alors nous ferions mieux de faire vite. Flora, vous avez reçu toutes les assurances que vous aviez demandées. C'est votre tour, à présent.

Elle fait un signe de tête hésitant.

— J'ai envoyé un de mes messagers à Angus pour lui remettre une invitation à une fête que Fav voulait organiser. C'était quelque chose de banal, pourtant… ça a fini par être bien plus que ça.

Elle s'arrête un instant et je sais qu'elle doit penser à son mari et au fait que cette invitation à une fête a entraîné sa mort.

— Juste avant d'atteindre le palais d'Angus, il a vu un groupe de personnes voler dans la direction opposée. Pensant avoir repéré le dieu de l'Été, il les a suivis plutôt que de continuer vers le palais. D'une manière ou d'une autre, il a réussi à rester hors de vue, ou du moins, ils ne l'ont pas remarqué. Ils ont volé jusqu'à la limite orientale de son royaume, où ils ont atterri et semblé attendre quelqu'un. Mon messager s'apprêtait à descendre pour leur parler, car il était maintenant certain que c'était Angus qui était en bas, mais quelqu'un d'autre est arrivé. Une femme est apparue de nulle part, enveloppée d'un manteau noir, avec des cheveux noirs comme la nuit et une peau pâle comme la lune.

— La Morrigan, murmuré-je, me remémorant les souvenirs que Crispin m'a montrés.

Elle était belle, éblouissante, à l'exception de la froideur de ses yeux et du sourire cruel sur ses lèvres.

— Oui. La déesse de la Mort et des Ténèbres. Bien sûr, mon messager était bien trop effrayé pour atterrir ou s'approcher, et il n'a donc pas entendu ce qu'ils disaient. Ce n'est qu'à la fin de leur conversation que le vent a tourné, et qu'il a perçu une phrase : on se voit à Tioram.

— Tioram ? Où est-ce ? demandé-je, m'efforçant de rappeler où j'ai déjà entendu ce nom.

— Elle ne voulait sans doute pas parler du château de Tioram, sur Terre ? insiste Storm, fronçant les sourcils. C'est le seul Tioram que je connaisse.

— Je n'ai jamais entendu parler de ce château, avoue Flora. Mais j'ai demandé à mon bibliothécaire et il m'a montré une carte d'un endroit appelé Écosse. Tioram est un château en ruines situé sur une île accessible uniquement à marée basse, et les humains n'ont pas le droit de s'y rendre. Cela me semble être une bonne cachette, mais je ne comprends pas pourquoi une déesse resterait sur Terre. Nos pouvoirs y sont affaiblis, et cela devient douloureux si nous séjournons trop longtemps.

Elle hausse les épaules.

— Bien sûr, j'ai envoyé des éclaireurs là-bas. Je devais être sûr qu'Angus travaillait vraiment avec la Morrigan. Cela fait un certain temps que je n'approuve pas ses méthodes, mais c'est mon créateur, et le Printemps et l'Été se sont toujours soutenus. J'ai ignoré ce qu'il faisait, et j'ai tâché de me concentrer sur mon propre royaume, en évitant les problèmes qu'il pouvait créer. J'ai même hébergé des personnes qui avaient eu maille à partir avec Angus, je les ai protégés de lui. Mais je ne me suis jamais frontalement opposée à lui... jusqu'à maintenant. Je n'arrive pas à croire qu'il travaille avec la déesse de la Mort. C'est extrême, même pour lui... Tout le monde est au courant de ce qu'elle a fait à ce gardien qu'elle a créé. Qu'elle l'a poussé à tuer des enfants. C'est abject.

Je garde une expression neutre, masquant efficacement l'effet que ses mots ont sur moi. Elle a entendu parler de Crispin. J'ignorais que son histoire était aussi connue. Mais, bien sûr, je suppose que Beira n'intervient pas souvent dans les affaires des autres dieux, à moins que ce ne soit nécessaire. À l'époque, la rumeur du bannissement de la Morrigan a dû se répandre comme une traînée de poudre.

— Qu'ont trouvé vos éclaireurs ? demande Gwain à Flora, me tirant de mes pensées.

— Ils ne sont jamais revenus. Le lendemain, mon mari était mort.

Elle cligne plusieurs fois des yeux, tentant de cacher les larmes qui menacent de couler.

Gwain se caresse la barbe, chose qu'il fait toujours quand il est plongé dans ses pensées.

— Cela signifie qu'il y a quelqu'un au château de Tioram, à moins qu'ils n'aient été capturés en cours de route. En fin de compte, Angus ou la Morrigan ont peut-être vu votre messager et surveillé vos faits et gestes ? Quoi qu'il en soit, nous devons nous rendre dans à château.

— Je serai ravi de constituer une équipe, propose Storm. Et je me joindrai à eux.

— Je viens aussi, dis-je aussitôt.

Trois *non* retentissants suivent ma déclaration. Je me retourne et je regarde Frost, qui me lance un regard noir.

Flora s'esclaffe doucement.

— C'est le prix à payer quand on gouverne : les autres ont le droit de s'amuser.

Ses paroles me surprennent. Je n'aurais pas cru qu'elle serait du genre à considérer l'exploration d'un château en ruines et l'éventualité de combattre une déesse comme *amusante*. Je l'ai peut-être mal jugée.

— Elle a raison, Wyn, dit Storm calmement, mais je lis l'émotion dans ses yeux. Tu es notre princesse, tu es l'héritière. Tu es aux commandes. Nous avons besoin de toi ici, où tu es en sécurité. Ce n'est pas pour rien que Beira a une armée, et qu'elle ne mène pas elle-même les batailles. Si quelque chose arrive à notre souveraine, le royaume entier plongera dans le chaos.

— Vous n'êtes pas assez forts pour combattre la Morrigan.

Storm me sourit.

— Toi non plus. Nous n'avons pas l'intention de la combattre.

Il s'agit d'une mission de reconnaissance. Si nous la trouvons là-bas, nous reviendrons et planifierons l'attaque avec toutes nos forces. Dans le cas contraire… eh bien. Nous allons demander à Algonquin de rechercher d'autres lieux appelés Tioram. Peut-être qu'un endroit dans l'un des royaumes porte ce nom.

— Je vais le lui demander, annonce Frost derrière moi. Demain, c'est Arc qui accompagnera Wyn, je pourrai donc aider le bibliothécaire.

— J'espère que vous la trouverez là-bas, dit Flora. Et une fois que ce sera fait, tenez-moi au courant. J'ai un mot ou deux à dire à cette garce. Je suis peut-être la déesse du Printemps, mais même les fleurs qui viennent de pousser ont de la force. Je ne suis pas faible, je suis la vie, et elle est la mort. Je me battrai à vos côtés.

Flora sourit et se lève.

— Et maintenant, bonne nuit, Votre Altesse, messieurs.

Elle quitte la pièce pendant que nous lui souhaitons une bonne nuit également, abasourdis par sa soudaine démonstration de force.

Elle a raison. Elle est le printemps, et le printemps, c'est la vie. C'est une bonne chose de l'avoir à bord.

DOUZE

— **V**iens, il faut qu'on parle.

La voix de Crispin me réveille d'un sommeil profond et il me faut un moment pour retrouver mes repères. Je suis au lit, et les respirations profondes autour de moi m'indiquent que mes hommes sont là avec moi. Crispin est accroupi sur le sol à côté du lit, sa tête au même niveau que la mienne.

— Je dois te parler, c'est urgent, murmure-t-il.

Dans l'obscurité, je ne vois pas son visage, mais sa voix est reconnaissable. Je soupire et soulève le bras lourd qui repose sur ma cage thoracique. Storm grogne dans son sommeil.

— Crispin veut parler, je reviens vite, lui dis-je à voix basse, sans être sûre qu'il soit réellement réveillé.

Je sors du lit et je suis Crispin, qui m'attend déjà à la porte. Le clair de lune se déverse par les hautes fenêtres, illuminant ses cheveux blonds.

— Qu'est-ce qui se passe ? lui demandé-je une fois qu'il a fermé la porte de la chambre derrière nous.

— Pas ici, parlons dehors.

Est-ce un sujet que les autres n'ont pas le droit d'entendre ?

Curieuse, je le suis quand il me conduit dans l'une des plus petites cours. Il n'y a personne autour, pas même des gardes. Nous sommes au cœur du palais, à tel point que personne ne s'attend à voir des ennemis ici. Le ciel est protégé par des boucliers qui empêchent quiconque d'y pénétrer sans autorisation. Je souris au souvenir de mon arrivée ici. Il y avait cet homme bizarre, Bertrand, qui ne voulait pas nous laisser entrer. Je ne l'ai jamais revu. Tamara l'a-t-elle puni pour avoir interféré avec la barrière ?

Crispin s'arrête au milieu de la cour et je manque de lui rentrer dedans. J'invoque une boule lumineuse et la fais planer au-dessus de nos têtes pour pouvoir regarder mon gardien.

Il me regarde avec curiosité, comme s'il essayait de me comprendre. Ai-je fait quelque chose d'étrange ? Est-ce la première fois qu'il me voit invoquer une lumière ? Ai-je de la saleté sur le visage ?

Ses yeux sont sombres, même si la lumière l'éclaire maintenant directement. Je ne les ai jamais vus aussi noirs. Ils ne sont presque plus bleus comme d'habitude ; je ne vois que du noir et des stries d'argent autour de ses pupilles.

— Est-ce que tout va bien ? lui demandé-je, me demandant s'il n'est pas malade.

— Oui, tout va bien. Parfaitement bien. Je ne pensais pas que ce serait aussi facile.

Soudain, son bras est autour de ma taille et quelque chose se presse contre ma gorge. Quelque chose qui n'existe pas en réalité. Je ne sens rien sur ma peau, mais ma trachée est sur le point d'être écrasée. J'essaie de respirer, de me débarrasser de cette pression, mais cela ne fonctionne pas.

Je me débats contre l'emprise de Crispin, je lutte pour

écarter ses mains de moi. Bon sang, mais que fait-il ? Est-il en train de vivre un autre flash-back, comme au cottage de Chesca ? Ou bien s'agit-il d'un test, et il veut voir si je sais me défendre ?

Eh bien, s'il veut se battre, nous allons nous battre.

La pression sur ma gorge augmente et mes poumons commencent à me faire mal. Je n'ai pas beaucoup de temps. Je me concentre sur ma magie et j'en attire une partie en moi. Je ne veux pas blesser Crispin, mais je vais lui faire regretter ça.

— Lâche-la ! s'écrie soudain une voix grave de l'autre côté de la cour, par là où nous sommes arrivés.

Storm. Que fait-il ici ? J'envoie de l'air glacé contre le visage de Crispin, espérant qu'il lèvera les mains pour se protéger. Mais je n'ai pas cette chance, et sa poigne se resserre.

Des étoiles commencent à danser devant mes yeux, et mes poumons réclament de l'air. J'enroule de la magie du vent autour de mes bras et de sa taille, et je tire, tout en m'ancrant sur place avec davantage de magie. Rien ne se passe. C'est comme s'il n'était pas là. Ma magie n'a aucun effet sur lui.

Soudain, quelque chose se pose sur ma gorge, quelque chose de réel cette fois. De froid et tranchant. Un couteau. Le simple fait de l'avoir sur la peau me fait mal. Ce n'est pas un couteau normal. Il est maléfique, mauvais.

— Il a dit, lâche-la.

Mais… c'est Crispin qui parle ! Comment est-ce possible qu'il soit à la fois derrière moi et à côté de Storm ? Je pense que le manque d'oxygène me fait halluciner.

— J'étais censé la capturer, mais j'ai le droit de la tuer, alors restez en retrait, dit le Crispin qui me retient.

Sa voix est froide et dépourvue de passion, si différente de celle de mon Crispy.

L'obscurité s'accroît et mes jambes deviennent molles. Je

tomberais par terre s'il ne me tenait pas fermement. Pourtant, le mouvement le surprend et le couteau s'enfonce dans ma peau.

Je suis trop faible pour crier quand la douleur m'envahit. Je ne suis blessée qu'à la gorge, mais j'ai mal partout. Je me concentre sur ma magie et je frémis en voyant des vrilles noires courir dans mes veines, se mêlant à mon sang. Quelque chose s'écoule du couteau en moi. Je dois arrêter ça.

J'ai de plus en plus de mal à réfléchir. À arrêter les ténèbres. Je fais appel à ma magie et je la libère.

— Débarrasse-toi de ça ! lui ordonné-je. Détruis-le.

Elle ronronne et bondit vers les vrilles noires qui se répandent de plus en plus dans mon corps.

— Arc, maintenant ! entends-je au loin, mais mes oreilles ne fonctionnent plus correctement.

Plus rien ne fonctionne. Je ne peux pas voir, je ne peux pas parler, et je ne peux pas non plus respirer.

La magie noire me brûle. Il faut que je m'en éloigne.

Je me replie sur moi-même, me recroquevillant dans la grotte où réside habituellement ma magie. Je sens qu'elle combat les intrus, mais j'ignore si elle est assez forte.

Je vais attendre ici.

Et dormir.

J'ai besoin de dormir.

Je suis tellement fatiguée !

— Elle respire à nouveau !

— Enfin !

— Wyn, tu m'entends ?

— Laissez-lui de l'espace !

Je cligne des yeux, m'attendant à ne trouver que les ténèbres comme tout à l'heure, mais je vois à nouveau, et il ne fait plus nuit. Je ne suis plus dans les jardins non plus.

— Euh… où suis-je ? gémis-je, consciente que c'est une question terriblement *cliché*.

— Dans l'aile des soins, répond Arc.

Je m'apprête à rétorquer que j'ai déjà vu les quartiers des soins, et qu'ils ne ressemblent pas du tout à ça, quand Arc sourit et me prend de court.

— C'est la chambre d'hôpital royale. Tu ne croyais quand même pas que la reine ou les dieux resteraient dans la même salle que les gardiens ordinaires ?

— C'est logique. Pourquoi y avait-il un deuxième Crispin ?

Je montre du doigt mon guérisseur blond qui se tient à ma droite, les yeux emplis d'inquiétude.

— Longue histoire, soupire-t-il. Tu devrais peut-être te reposer d'abord. Ta blessure n'est pas encore complètement guérie.

— Ma blessure ?

Il montre ma gorge.

— Ne la touche pas. J'ai mis un pansement pour qu'elle ne s'infecte pas.

Je le regarde, confuse.

— Tu ne m'as pas guérie ?

Il grimace.

— J'ai essayé. C'était une lame de l'Été… je ne pouvais rien faire.

Ses épaules commencent à trembler, et Frost passe un bras autour de lui.

— Ce n'est pas ta faute, mec. Personne ne peut guérir les blessures infligées par ce couteau.

Je fronce les sourcils.

— Comment se fait-il que je sois en vie et que je parle ?

— Tu t'es soignée toi-même, répond Crispin d'une voix calme. Ta magie a combattu le poison de l'Été. Mais quand tu as cessé de respirer… Nous avons pensé que tu étais retournée à la bibliothèque, mais ensuite, tu ne te réveillais pas, alors nous avons compris que ce n'était pas le cas. Pourtant, ton cœur battait toujours… je ne savais pas quoi faire.

Il a l'air tellement perdu, si désespéré, que je lui tends la main et l'attire sur le lit. Surpris par mon geste soudain, il trébuche et manque de tomber sur moi, mais Storm parvient à le rattraper juste avant qu'il ne m'écrase.

— Attention ! N'écrase pas la princesse, intervient Storm d'un ton rieur.

— Merci de prendre soin de moi, lui dis-je.

Crispin ajuste sa position jusqu'à ce qu'il soit allongé à côté de moi sur le lit et qu'il me serre dans ses bras. J'ai l'impression que ce câlin est plus pour lui que pour moi, mais cela ne me dérange pas. Je sais combien il a dû se sentir mal. C'est un guérisseur, le plus talentueux du royaume, et pourtant il n'a pas pu m'aider. Pour quelqu'un qui veut toujours se montrer utile aux autres, cela a dû être à la fois frustrant et terrifiant.

— Alors, parlez-moi de l'autre Crispin, exigé-je, passant un bras autour de mon guérisseur.

Je suis coincée sous ma couverture, sinon je me servirais de mes jambes pour l'attirer plus près.

— Il s'agit d'une autre création de la Morrigan, lance Arc. Elle a fabriqué un deuxième Crispin. Peut-être plus. Comme des clones.

Il frémit de dégoût.

— J'aurais pensé qu'elle aurait davantage d'imagination ; mais elle crée à nouveau le même gardien.

— Je suis plus beau, grommelle Crispin à côté de moi, et je passe mes doigts dans ses cheveux lisses et dorés.

— C'est vrai, murmuré-je. Tu es le plus beau Crispin qui soit.

Il rit doucement, mais il y a beaucoup de noirceur dans ses yeux quand il les plante dans les miens.

— Tu ne voulais pas dire gardien ?

— Quoi ?

— Le plus beau gardien, clarifie-t-il. Pas seulement le plus beau Crispin. Pour ce que j'en sais, nous ne sommes que deux.

— Espérons-le, murmure Storm d'un air sombre. Il pourrait y avoir des dizaines de nouveaux Crispin.

— Pourrait-on arrêter de les appeler par mon nom ? proteste Crispin, et même s'il rit en le disant, il est clair que ça lui est douloureux.

— Nous n'avons qu'à les appeler *clones*, suggéré-je. Ils ont beau te ressembler en apparence, ils n'ont rien à voir avec toi à l'intérieur. Là-dedans, tu es unique, affirmé-je, posant une main sur sa poitrine pour sentir les battements de son cœur.

— Qu'est-il arrivé au clone qui m'a attaquée ?

— Il est dans les cachots, dit Storm. Nous voulions attendre que tu sois à nouveau réveillée pour l'interroger. Il avait du poison sur lui, comme les autres, mais nous le lui avons retiré avant qu'il puisse s'en emparer.

— Bien, allons-y.

— Tu es sûre d'être en état de le faire ? me demande Crispin tandis que le guérisseur en lui remonte à la surface. Nous devrions faire des tests...

— Je n'ai pas besoin de tests, dis-je. Je veux parler à ce faux Crispin qui m'a piégée et qui m'a fendu la peau.

— La magie du couteau est-elle complètement détruite ? demande Frost, et je me concentre sur ma magie pour m'en assurer.

Elle est de retour dans sa grotte, elle dort paisiblement, le ventre rond comme si elle venait de prendre un gros repas. Si elle est aussi calme, cela signifie qu'il n'y a plus de menaces dans mon corps.

— Tout va bien, dis-je aux garçons. Allons interroger cette ordure. J'ai des choses à lui dire.

Je saute du lit, remarquant que je porte une robe blanche.

— Sérieusement ? On dirait que vous étiez sur le point de me mettre dans un cercueil.

— Nous incinérons nos morts, proteste Arc, mais Frost l'interrompt.

— Quelqu'un t'a-t-il déjà dit que tu pouvais être effrayante quand tu as l'air aussi déterminée ?

— Non. Mais c'est une bonne chose. Je veux que ce clone ressente la peur.

Après un rapide passage dans ma chambre pour m'habiller de manière moins pathétique, je conduis les hommes dans les donjons. La dernière fois que je suis venue ici, c'était pour voir le dragon prisonnier. Je me demande où Ada et lui se trouvent en ce moment. Je ressens encore un peu la trahison de la disparition de la gardienne. C'est une guerrière forte, elle pourrait nous être utile dans les batailles à venir. Peut-être reviendra-t-elle, mais je n'y compte pas. Il se passe quelque chose entre elle et les dragons, mais nous n'avons pas le temps de le découvrir.

— Il est dans la cellule la plus à droite, m'informe Storm.

Il essaie de prendre la tête depuis que nous sommes descendus dans les niveaux inférieurs du palais, mais je ne le laisse pas faire. C'est mon droit de parler à l'homme qui a essayé de me tuer. Si c'est un homme et non un monstre.

Je me sens immédiatement mal d'avoir pensé cela. Autrefois, Crispin aurait été comme lui. Il aurait tué pour la Morrigan sans arrière-pensée. A-t-il ressenti le même plaisir que son clone ? Je frissonne en me rappelant la voix de ce type, son souffle chaud sur mon oreille. C'était effrayant. Je n'arrive pas à croire que je n'ai pas remarqué tout de suite que ce n'était pas mon Crispin… Mais, d'un autre côté, pourquoi me serais-je attendue à un sosie ? Je ne pensais pas que c'était possible.

Nous atteignons la dernière cellule et son occupant. Il est allongé sur le sol, les jambes ramenées vers sa poitrine. Du sang séché assombrit ses cheveux blonds et des ecchymoses se forment sur sa peau sans défaut.

— Nous n'avons jamais dit que nous l'avions amené ici sain et sauf, dit Storm en haussant les épaules.

— Est-il conscient ? demandé-je, et Crispin se concentre un instant.

— Oui. Il fait semblant de dormir. Il souffre, mais sa vie n'est pas en danger.

Je me tourne vers le prisonnier.

— Regarde-moi, lui ordonné-je d'une voix forte, essayant d'y mettre autant d'autorité que possible.

Il éclate d'un rire rauque.

— Non.

Je grimace.

— Savais-tu que, si tu ne peux pas utiliser ta magie dans nos cellules, nous pouvons nous en servir contre toi ? Tu ne pourras pas te défendre… en gros, tu es à notre merci.

— Alors, tue-moi, et finissons-en avec ça.

Sa voix est dépourvue de toute émotion, mais, pour une raison que j'ignore, elle me fait frissonner. Elle ressemble à celle de Crispin, mais elle n'est pas tout à fait la même. Maintenant que je sais qu'il s'agit de deux personnes différentes, je peux facilement les distinguer. Crispin est plein de chaleur et de sentiments, même quand il essaie de les cacher. Ce clone est froid et plein de noirceur.

Il finit par lever la tête et me regarder.

— Qu'est-ce que tu attends ?

Je croise son regard, refusant de détourner les yeux.

— JE NE VAIS PAS te tuer. Mais tu vas répondre à mes questions.

— Et si je ne le fais pas ?

— Mes amis ici sont tous très talentueux, expliqué-je en pointant mes quatre hommes tour à tour. L'un d'entre eux en particulier. Arc ici présent adorerait envahir ton esprit et en tirer toutes les informations dont nous avons besoin, n'est-ce pas ?

Le gardien en kilt sourit d'un air sinistre.

— Avec grand plaisir.

— Est-ce que ça va faire mal, Arc ? demandé-je d'un air innocent, comme si je ne le savais pas déjà.

— Oh oui, ça va faire mal. Les gens disent que c'est une douleur sans pareille. Comme si ton cerveau était aspiré par ton nez.

— Et comment sera son esprit ensuite ?

Il hausse les épaules.

— Je ne sais pas, mais en général, ils deviennent un peu bêtes. Ils bavent, ils gémissent, ils ne sont plus capables de rien faire…

— Oui, je pense que nous avons compris, répliqué-je, et je me tourne à nouveau vers le prisonnier. Commençons par ton nom.

— Crispin, dit le clone en serrant les dents.

Le vrai Crispin à côté de moi grogne et s'avance.

— Non, c'est faux. C'est mon nom, et tu ne peux pas le prendre.

Le clone sourit, dévoilant quelques dents manquantes. Mes hommes ont dû être plus durs avec lui que je ne l'aurais pensé. C'est bien fait pour lui.

— Elle m'a parlé de toi, dit-il en regardant Crispin. Son expérience ratée. Tu l'as beaucoup déçue. Un tel échec… Quand elle t'a perdu, elle était heureuse. Elle s'était enfin débarrassée de toi, et elle a eu l'occasion de me créer. Une version améliorée. Je suis toi, comme tu aurais dû être.

Je pose une main sur l'épaule de Crispin, l'empêchant de réagir aux paroles du prisonnier. Elles doivent lui faire mal. En dépit de tout ce que la Morrigan lui a fait subir, je sais qu'intérieurement, il n'est pas encore complètement guéri. Il ne s'est toujours pas remis du lien qui l'unissait à elle. À l'époque, il était dépendant de ses louanges et de son approbation. Il aurait fait n'importe quoi pour un mot gentil de sa part. Cela me brise le cœur de voir à quel point il souffre encore aujourd'hui. Nous n'aurions pas dû l'emmener, mais je sais que nous n'aurions pas pu le retenir non plus.

— En quoi es-tu une version améliorée ? Demandé-je au clone, gardant un ton neutre, comme si j'étais vraiment intéressée.

— Elle voulait qu'il ait des sentiments, pour qu'il puisse jouir de la douleur des autres comme elle le fait. Cela s'est retourné contre elle, et il a commencé à ressentir les mauvaises choses. Elle a décidé de faire en sorte que je ne ressente rien du tout.

Je déglutis difficilement devant cette révélation.

— Mais tu souris. Pourquoi souris-tu alors que tu ne ressens rien ?

— C'est ce que l'on attend d'un méchant, n'est-ce pas ? Vous voulez que j'aie l'air d'apprécier toutes les choses maléfiques que je fais. Ma maîtresse pense que cela me rend encore plus effrayant et donc plus efficace. Je peux arrêter de sourire, si vous le souhaitez.

Aussitôt, son visage se vide de toute expression, comme s'il n'avait jamais ressenti la moindre émotion de sa vie… c'est tout simplement terrifiant. Même ses yeux ne reflètent pas la moindre émotion.

Je préférerais presque qu'il se remette à sourire. Cela lui donne au moins l'air d'être un peu humain. Il ressemble maintenant à un zombie, mais il est intelligent et très dangereux.

— Tu as dit que la Morrigan t'avait envoyé pour m'amener à elle. Qu'est-ce qu'elle me veut ?

Il hausse les épaules.

— Une monnaie d'échange peut-être ? Une nouvelle personne qui ne connaît pas encore la torture ? Qui sait ?

— Il ment, murmure Arc derrière moi. Il le sait parfaitement.

J'aimerais avoir cette capacité. Sur Terre, j'étais capable de dire si les humains mentaient, mais je n'y arrive pas avec les gardiens et les dieux. J'ai demandé à Arc de m'apprendre, mais apparemment, ce n'est pas de la magie à proprement parler, plutôt un septième sens qui lui permet de savoir si les gens sont sincères ou non.

— Cesse de mentir, ordonné-je au clone. Il te reste encore une chance avant que je ne laisse Arc jouer avec toi.

Celui-ci éclate d'un rire cruel, et même si je sais que c'est juste de la frime, car il déteste utiliser ses pouvoirs mentaux dans ce but, je suis presque convaincue. Le prisonnier, quant à lui, me regarde d'un air neutre. Je suppose que s'il n'a pas de sentiments, il ne peut pas non plus ressentir la peur. Bon sang ! Voilà qui va nous rendre les choses plus difficiles.

Il s'assied et étend les bras.

— Fais le pire.

Je soupire et me mets sur le côté pour laisser l'accès à Arc.

— Il est tout à toi. Essaie d'obtenir autant d'informations que possible avant que son cerveau ne soit grillé.

— Oui, grommelle Arc en s'approchant des barreaux qui nous séparent du prisonnier.

— Storm, ouvre la porte et maintiens-le en place.

Je vois la magie du vent de Storm tisser des cordes autour des bras et des jambes du clone, le clouant sur place. Lorsqu'il est bloqué, la porte s'ouvre et Arc entre dans la cellule. Le faux Crispin ne devrait pas pouvoir bouger, mais je ressens un pincement au cœur pour mon gardien. Je le repousse pour le moment. Arc est capable de gérer.

Mon gardien écossais s'assied en face du clone et il pose une main sur le front de l'autre homme. Le prisonnier tressaille légèrement, puis ses yeux se révulsent et ses paupières se ferment.

Arc ferme également les yeux et plonge dans l'esprit du clone pour obtenir les informations dont nous avons besoin. Nous ne pouvons rien faire d'autre qu'attendre.

Je prends la main de Crispin et il la serre fort. Sa peau est moite et son contact est légèrement tremblant.

— Tu peux partir maintenant, murmuré-je. Nous pouvons le faire sans toi.

Il secoue la tête.

— Non, je veux être ici. Il faut que je voie ça. J'ai besoin de savoir s'il y en a d'autres comme nous.

— S'il y en a d'autres comme lui, le corrigé-je. Tu n'as rien à voir avec lui. Tu l'as entendu, elle lui a retiré toutes ses émotions. Elle voyait cela comme ton défaut, mais c'est ta plus grande force. Tu ne serais pas le Crispin que je connais, le Crispin serviable, attentionné, aimant, si tu n'éprouvais pas de sentiments.

Je me hisse sur la pointe des pieds et dépose un baiser sur ses lèvres. Aussitôt, il passe ses bras autour de ma taille et me rapproche, se penchant un peu pour me faciliter la tâche. Pourquoi tous mes hommes sont-ils si grands ? À moins que je ne sois trop petite ? Quoi qu'il en soit, il nous est plus facile de nous embrasser quand nous sommes assis ou allongés sur le lit.

Mais, pour l'instant, il n'y a pas d'autre option, et je ne changerais les choses pour rien au monde.

Ses lèvres sont douces et tendres, et je n'ai pas envie qu'il aille plus vite. C'est un baiser lent et rassurant. Je lui dis qu'il est à moi et que je l'aime, quels que soient son passé et son lien avec le monstre qui est derrière nous. Dans son baiser, il y a toute son angoisse et son inquiétude, et j'essaie de les lui ôter, de les aspirer lentement en moi, loin de lui. J'intensifie notre étreinte et il réagit : il ouvre un peu la bouche et je titille ses lèvres avec ma langue pour qu'il les écarte davantage. Il gémit et son torse vibre contre ma poitrine.

— Pourriez-vous continuer plus tard ? plaisante Frost. Je pense qu'Arc a presque fini.

J'ai envie de continuer, mais j'interromps notre baiser avec un dernier coup de langue sur sa lèvre supérieure. Puis je me retourne, mais Crispin ne me lâche pas ; il continue de me tenir, posant les mains sur mon ventre, et plus sur mon dos. Je m'appuie contre son torse, je savoure sa chaleur.

Il me faut un moment pour me résoudre à regarder le prisonnier. Arc a toujours la main sur le front de l'homme, mais le clone ne se tient plus droit. Non, il est suspendu aux liens de Storm, sans doute inconscient. Son visage est tordu en une grimace de douleur, et j'ai presque pitié de lui… presque.

Avec un profond soupir, Arc ouvre les yeux et retire sa main avant de s'adosser au mur. Son front est couvert de petites perles de sueur et il a l'air épuisé.

— Qu'as-tu découvert ? lui demandé-je, mais il secoue la tête.

— Parlons loin d'ici. J'ai besoin d'un petit verre.

TREIZE

Il s'avère qu'Arc n'a pas seulement besoin d'un *petit verre* : il finit par avaler une demi-bouteille de whisky. Après s'être essuyé la bouche et avoir reposé la bouteille sur l'étagère dans le bureau des gardes du palais, dont j'ignorais l'existence il y a encore quelques instants, il soupire et commence à parler.

— Cette ordure ne ressent vraiment rien. Je ne me suis jamais introduit dans un esprit comme le sien. Il était vide et plein à la fois. Comme si ce n'étaient pas ses propres pensées, mais qu'il n'était qu'un réceptacle que quelqu'un avait rempli de ses propres idées et ses propres ordres.

— La Morrigan, dis-je d'une voix sinistre, et il acquiesce.

— Ses traces étaient omniprésentes dans son esprit. Son influence est profonde, bien plus que si elle l'avait simplement créé. Elle l'a nourri de ses mensonges dès sa création et les a répétés chaque jour. Il était comme une éponge, il a tout absorbé, il s'est abreuvé de ça. Il ne ressent rien, mais il a des désirs, les mêmes que ceux de la Morrigan. Il veut ce qu'elle veut, et il fera tout ce qu'il faut pour lui plaire. J'imagine qu'il a suffisamment de liens avec elle pour sentir si elle est heureuse, et ça doit combler un peu le vide en lui. C'est vraiment triste de voir qu'il rampe à ses pieds en dépit de son intelligence évidente.

— Elle a un contrôle total sur lui, et je ne crois pas qu'il y ait un moyen de briser ça. Si nous le libérons, il se précipitera à ses côtés… s'il est encore capable de courir, explique Arc, et sa voix devient sinistre.

Il a dû faire beaucoup de dégâts en extrayant des informations de l'esprit du clone.

— Il n'est pas question que nous le laissions aller où que ce soit. Il reste ici, même s'il doit pourrir dans les cachots jusqu'à la fin de sa vie, dis-je, et je me fiche que mes propos semblent violents.

En tant que dirigeant, vous devez parfois prendre des décisions désagréables. Et dans ce cas précis, cela ne l'est pas tellement. Il m'a fait du mal, la coupure sur ma gorge est encore douloureuse, et il ferait du mal à mes gardiens s'il le pouvait.

— Je parlais de façon hypothétique, répond Arc, l'air toujours sombre. Après ce que j'ai vu, jamais je ne le quitterai des yeux. Il a fait des choses horribles, Wyn. Crois-moi, tu n'as pas envie d'en savoir le quart. Et il y en a d'autres comme lui. J'ignore combien, mais nous devons nous préparer à croiser d'autres faux Crispin à l'avenir. Mais, le plus important, c'est que j'ai vu le repaire de la Morrigan.

— Ne me dis pas que c'est le château de Tioram ? l'interrogé-je, et il secoue la tête.

— Non. En quelque sorte. Tioram est une porte, mais elle ne mène qu'à son royaume, et nulle part ailleurs.

— Attends, quoi ? La Morrigan n'a pas de royaume ! Ma mère l'a expulsée et a cédé ses terres à d'autres dieux.

Arc secoue la tête.

— Malheureusement, ce n'est plus vrai. Elle a créé un nouveau royaume à partir des ruines de plusieurs zones de celui des dragons. Elle a commencé par une zone, où elle a asservi les démons. Puis elle s'est servie d'eux pour en conquérir d'autres, jusqu'à ce qu'elle domine la plupart des terres démoniaques. Elle sait que nous surveillons les portes menant au royaume des démons, alors elle a construit la sienne.

— C'est impossible, l'interrompt Storm. Personne ne peut construire de porte tout seul.

Arc soupire.

— Si, c'est possible, en sacrifiant un millier de démons pour ça.

Nous sommes tous stupéfaits d'entendre ça. Je veux dire… je n'aime pas les démons, et j'en ai éliminé pas mal moi-même. Mais en tuer un millier, et sans doute beaucoup plus lorsqu'elle a conquis leur royaume au départ… waouh.

— Cela signifie donc que le château de Tioram n'est qu'une façade pour nous empêcher d'apprendre qu'elle vit dans les royaumes des démons ?

— Oui, confirme Arc. Et si nous nous y rendons demain, nous n'y verrons sans doute qu'un château en ruines. Mais maintenant que nous sommes au courant, nous pouvons rester à l'affût et franchir la porte quand quelqu'un en sort.

— Quoi ? Il est hors de question que vous entriez dans le royaume des démons seuls ! protesté-je. C'est pour ça que nous avons une armée. Nous connaissons maintenant son point faible : nous pouvons donc envoyer nos forces à Tioram et l'attaquer sur son propre territoire. C'est bien mieux que d'attendre qu'elle nous attaque. Nous avons enfin un avantage, nous devons nous en servir.

— Elle a des centaines de milliers de démons, Wyn. Nous n'avons aucune chance si nous l'attaquons de front. Nous devons être furtifs, nous faufiler et la frapper avant qu'elle se rende compte de notre présence.

Je fronce les sourcils et lui lance mon regard le plus désapprobateur.

— J'espère que le mot *nous* fait référence à des éclaireurs de l'armée, pas l'un de vous quatre.

Il a la décence d'avoir l'air légèrement coupable.

— Nous sommes les meilleurs dans ce domaine, dit-il sans fausse fierté.

Il ne fait qu'énoncer la vérité.

— Si nous voulons réussir, nous devons envoyer les meilleurs

Je suis tentée de leur demander de ne pas y aller, mais je sais qu'ils sont réellement les plus compétents.

— Mais pas tous, n'est-ce pas ? demandé-je, la voix aussi stable que possible.

Je ne veux pas avoir l'air trop dépendante. Mais il est vrai que j'ai besoin d'eux.

— Je vais rester ici, dit Crispin d'une voix douce.

Je sais qu'il ne le fait pas uniquement pour me tenir compagnie, mais aussi parce que sa réaction face à la Morrigan pourrait être imprévisible. Qui sait quelle emprise elle a encore sur lui. Elle l'a manipulé pendant des décennies, et les ombres qui assombrissent son regard ces derniers temps montrent clairement qu'il lutte contre ses démons.

Je prends sa main et il m'attire dans ses bras par-derrière, posant à nouveau les mains sur mon ventre, et son menton sur ma tête. C'est une sorte d'étreinte étrange, qui me permet d'observer les réactions des autres tout en bénéficiant de son contact apaisant.

— Les illusions de la Morrigan sont puissantes, remarque Arc, presque comme s'il était émerveillé. Il faudra que je sois là pour les briser et protéger nos esprits.

Il m'adresse un grand sourire.

— Ne t'inquiète pas, Wyn, les jumeaux et moi formons une bonne équipe. Nous serons de retour si vite que tu n'auras pas le temps de t'apercevoir de notre absence.

— Ne me prends pas de haut, sifflé-je, mais je souris pour montrer que je ne le pense pas vraiment.

Ou peut-être que si. Je n'en sais rien, je ne sais plus où j'en suis. Il n'y a pas si longtemps, je me serais battue pour y aller avec eux, mais maintenant, j'ai des responsabilités. Je ne peux pas laisser le royaume sans souverain. Ma mère est toujours alitée, trop faible pour ne serait-ce que s'asseoir seule.

Depuis quand suis-je devenue si… royale ?

— Tu l'as toujours été, murmure Crispin dans mon oreille.

Il me faut un moment pour me rendre compte qu'il a répondu à une question que je n'ai pas posée à voix haute.

Je me retourne et je le regarde, confuse.

— Est-ce que tu viens de lire dans mes pensées ?

Il fronce les sourcils, aussi perdu que moi.

— Non, tu nous as posé une question.

— Non, pas du tout. Si ?

Frost secoue la tête.

— Je n'ai rien entendu.

— Mais elle a parlé, insiste Crispin. Elle a demandé quand elle était devenue si royale.

— Non, pas du tout, répond Storm, qui nous regarde bizarrement. Wyn, est-ce que ton lien avec nous est en train d'évoluer ?

— J'ai davantage ressenti tes émotions à travers lui, admets-je. Cela signifie-t-il que nous pouvons enfin communiquer à travers lui ? Plus qu'en se donnant des petits coups, je veux dire. Parler vraiment.

— Dis-moi quelque chose, demande Frost, les yeux brillants de joie.

Storm est fantastique, songé-je. Crispin rit de bon cœur, mais aucun des autres ne réagit. Arc fronce les sourcils et s'avance, posant une main sur mon épaule.

— Essaie encore.

Que porte-t-il sous son kilt ?

— Rien, répond-il, son regard devenant brûlant. Ce doit être avec le toucher. Crisp et moi la touchons, et nous pouvons entendre ce qu'elle pense.

— C'est peut-être la première étape, suggère Storm. Il se pourrait que le lien nous permette bientôt de parler à distance.

Je ricane.

— Ce serait bien s'il nous laissait le faire dès maintenant. Cela nous offrirait un avantage majeur pendant que vous partez à la chasse à la déesse maléfique.

— On ne sait jamais. Il pourrait se développer d'ici demain, déclare Arc, qui n'a pas l'air convaincu.

Pour l'instant, je pense que nous ne pouvons rien faire qu'attendre. Mais je devrais faire attention à ce que je pense quand je les touche. Oh là, là. Que va-t-il se passer quand nous serons au lit ensemble ? Est-ce qu'ils vont tous entendre mes pensées et mes gémissements ? Ce serait embarrassant...

— Quand partez-vous ? demandé-je aux garçons pour changer de sujet, et tous regardent Storm.

— Arc a besoin de se reposer, dit-il avec détermination, ignorant les protestations de l'écossais. Ensuite, nous avons au moins trois heures de vol jusqu'à la porte ouest. Une fois arrivés à Calanais, si nous ne croisons pas d'autres démons, nous conduirons jusqu'à Stornoway, puis nous prendrons l'avion privé pour nous rendre au plus près du château de Tioram ; il faut que je consulte une carte. Si l'aéroport le plus proche est celui d'Oban, il faut compter au moins deux heures de route pour nous rendre au château. Bref, il va nous falloir du temps pour y arriver, et nous ignorons combien de temps nous resterons dans le royaume des démons. Le temps s'écoule différemment là-bas ; nous pourrions être absents pendant des jours.

— Peut-être devrions-nous partir pendant le bal de ce soir, suggère Frost. Si la Morrigan a des espions dans le palais, ils seront distraits.

— Est-ce que cela suffira pour qu'Arc se repose ?

Je ne lui demande pas directement, car je sais qu'il minimiserait ses faiblesses. Mais j'ai vu à quel point il avait l'air épuisé après avoir fouillé l'esprit du clone, et Storm a raison : nous avons besoin de lui au meilleur de sa forme.

Avant qu'Arc puisse dire quelque chose, Crispin s'avance et pose une main sur son bras.

— Oui, dit-il au bout d'un moment. Ça ira pour lui.

Arc repousse le guérisseur et se frotte le bras, comme si Crispin y avait laissé une marque.

— Je vais bien, grogne-t-il. Mais je reconnais que le bal constituera une bonne diversion. Nous ferions mieux de préparer nos affaires.

— Pendant que vous faites ça, je dois en informer la reine, soupiré-je. Je suis sûre que ma mère aimerait être tenue au courant de ce qui se passe.

— Je viens avec toi, annonce Crispin. De toute façon, il faut que j'aille la voir.

Storm acquiesce ; il est passé en mode professionnel.

— Bien. Je vais sélectionner quelques-uns de nos soldats d'élite pour nous accompagner à Tioram. Nous devrons être furtifs, donc pas trop nombreux, mais suffisamment pour avoir du soutien.

Je dois faire appel à toute ma volonté pour ne pas protester. Suis-je vraiment en train de laisser trois de mes hommes aller au-devant du danger sans moi ? Après toutes nos aventures sur Terre, et quelques tentatives d'assassinat ici dans le royaume, j'ai l'impression qu'ils ne seront pas en sécurité sans moi, tout comme je ne le serai pas sans eux. Nous séparer me semble être une mauvaise idée.

BEIRA A L'AIR d'aller de mal en pis. Elle a les joues creuses et ses yeux ne sont qu'à moitié ouverts pendant qu'elle m'écoute. À un moment donné, elle me prend la main, mais ce simple geste semble trop dur pour elle.

Une fois que je l'ai mise au courant de ce qu'il va se passer, je m'en vais. Elle n'avait rien à dire, et cela m'effraie. Cela signifie soit que tout ce que nous prévoyons est bon, soit, plus certainement, qu'elle n'a pas eu l'énergie de proposer des améliorations à notre projet.

Crispin reste auprès d'elle, s'assurant qu'aucun mal n'affecte son corps en plus du manque cruel de magie. Il a dit que son système immunitaire était affaibli par le fait d'être restée alitée si longtemps, mais j'ai confiance en lui pour faire tout ce qu'il pourra pour elle.

À partir de ce soir, je devrai m'inquiéter pour cinq personnes au lieu de deux actuellement : Beira, mon père, Storm, Frost et Arc.

Heureusement, ils savent tous à quoi ressemble mon père, alors j'espère qu'ils pourront le ramener à la maison. Même s'ils ne parviennent pas à contrarier les plans de la Morrigan par d'autres moyens, cela suffirait à mon sens à assurer le succès de l'opération.

Je repousse dans un coin de mon esprit toute pensée de mon père. Je ne peux pas penser à son sort pour l'instant. Je dois être forte. Aussi fou que cela puisse paraître de donner un bal en temps de guerre, je comprends pourquoi nous le faisons. Les dieux ne sont pas comme les humains et les gardiens. Ils ne s'inquiètent pas autant des affaires des autres, et ils s'intéressent davantage à leurs propres plaisirs.

Tamara m'a raconté que Beira les divertit souvent avec de jolies gardiennes, leur permettant de s'amuser un peu avant d'entamer les négociations avec eux. Ainsi, leurs besoins physiques sont déjà satisfaits, et ils sont plus heureux. Cela lui permet d'obtenir plus facilement ce qu'elle veut.

Mais je n'ai pas l'intention de fournir des prostituées ce soir. Ce n'est vraiment pas compatible avec mon sens moral. Une fois encore, je me rappelle que j'ai grandi dans un endroit très différent de ce royaume. Le sexe est bien plus naturel ici, et il n'est pas rare de voir certains gardiens du palais à différents stades de plaisir, leurs corps imbriqués tandis que d'autres les regardent ouvertement. Non pas que je sois prude, mais il faut un peu de temps pour s'y habituer. Quand je croise l'un de mes hommes et que nous avons un peu de temps... eh bien, en général, nous cherchons une pièce vide, nous ne le faisons pas dans les couloirs. Je ne crois pas non plus que ça changera. Je préfère les avoir pour moi seule. Les autres n'ont pas le droit de les voir. Pas les meilleures parties, en tout cas. Il n'y a pas de mal à ce que les autres voient leur visage. D'une certaine façon, c'est inévitable.

Je m'arrête aux cuisines pour prendre une brioche à la cannelle pour le déjeuner. Tout le monde est occupé à préparer le festin de ce soir, alors je les laisse tranquilles et je rejoins mes quartiers. Les nouveaux, puisque j'ai détruit les anciens. Grâce à la magie, ils ont réussi à les rendre presque identiques. Même les vêtements de ma garde-robe sont les mêmes.

Ne sachant pas trop quoi faire, je m'assieds sur mon lit moelleux. Tout le monde est occupé, mais je suis là, assise seule dans ma chambre. Je pourrais me rendre dans le bureau de ma mère pour consulter d'autres documents, mais je le ferai peut-être une fois que mes gardiens seront partis, histoire de me distraire. Peut-être devrais-je parler à Flora, en savoir plus sur le royaume du Printemps ? Non, je peux le faire ce soir, surtout si je dois avoir l'air occupée et importante. Je ne veux pas que les dieux qui nous rendent visite pensent que je cherche désespérément à attirer l'attention. Si je parle à Flora et que je dois ensuite m'excuser pour aller voir les autres, ils pourraient avoir l'impression que je leur fais une faveur en discutant avec eux. C'est une chose que j'ai apprise ici dans le royaume : tout est question d'apparence.

Un dossier bleu posé sur le petit bureau dans le coin attire mon attention. Il n'était pas là auparavant. Je me lève pour jeter un coup d'œil. Il s'agit d'une liste de tous les dieux qui seront présents ce soir. Tamara a dû être très occupée. Je souris. Son écriture soignée est pleine de petites fioritures et de tourbillons amusants, comme si le fait d'écrire cette liste lui procurait un réel plaisir. En tout cas, je l'espère.

Elle a écrit un court commentaire pour chacun des dieux que nous avons invités.

DAGDA — *connu comme un dieu celte de la Création, mais tout ce qu'il crée, ce sont des femmes au cœur brisé. Il dispose d'une armée réduite, mais efficace. Il n'a pas beaucoup de pouvoirs, mais c'est un habile diplomate. Le charme et les sourires l'intéressent. Le flirt fonctionne toujours.*

. . .

Vulcain — *dieu du Feu et du travail des métaux. Il est un peu rude sur les bords, mais à l'intérieur, c'est un homme très sympathique. Il adore le chocolat noir, je dirai aux domestiques de lui en donner. Son marteau est plus petit que celui de Thor, mieux vaut ne pas aborder le sujet.*

Saturne — *dieu de la Richesse. Il est extrêmement fier, n'oubliez pas de mentionner avec désinvolture qu'une planète porte son nom. Essayez de ne pas fixer ses cheveux... ils sont... abondants.*

Je feuillette rapidement les pages. Il y a des renseignements sur au moins cinquante dieux. On dirait que je vais être occupée, finalement.

CHAPITRE
QUATORZE

Le cauchemar a commencé. Non, ça n'a rien à voir avec la Morrigan ou Angus.

Mais je dois porter une robe. Une monstruosité. Moulante, pleine de froufrous, avec un décolleté bien trop grand. Mes seins en tombent pratiquement, retenus seulement par une petite bande de dentelle.

Pourquoi les dieux ont-ils un sens de la mode aussi horrible ? Il faut montrer le plus de peau possible tout en affichant la richesse et l'importance grâce à la qualité des tissus.

Tamara rit tout fort pendant que je m'inspecte dans le miroir.

— Je vais m'exhiber devant les dieux, murmuré-je, en essayant d'ajuster le soutien-gorge intégré, bien que quasi inexistant.

— Ce sera utile, ils sont comme ça, ricane Tamara, et je lui jette un regard mauvais.

Je suis tentée de lui adresser un doigt d'honneur aussi, mais j'ai appris que ce geste n'existe pas dans le royaume.

— Mais je n'aime pas ça ! protesté-je.

— Elle ne va pas leur montrer nos seins.

Je me retourne et regarde Frost qui est entré dans la pièce sans que je m'en aperçoive.

— Est-ce que tu viens de dire *nos seins* ? l'interrogé-je, abasourdie.

— Bien sûr. Tu es à nous, donc ce sont nos seins. Et les autres n'ont pas le droit de les voir. Notre Wyn, nos seins.

Tamara éclate de rire.

— Je vous laisse tous les deux. Le bal commence dans une demi-heure, ne tardez pas trop.

Avec un clin d'œil complice, elle part et referme la porte derrière elle.

— Ce sont mes seins, lancé-je à Frost. Ils sont attachés à mon corps. Tu ne peux pas les avoir.

— Oh, je ne peux pas ? me taquine-t-il, s'avançant lentement vers moi, les yeux rivés sur ma poitrine. Tu en es sûre ?

Une vague de chaleur envahit mon corps tandis que ses paroles font leur effet. Sa voix sulfureuse n'arrange rien, pas plus que le feu qui brûle dans ses yeux. Je déglutis et redresse les épaules. Voilà qui va être amusant.

— Je pense que tu vas devoir le prouver, le défié-je.

— Avec plaisir, murmure-t-il, la voix rauque.

Un instant plus tard, il me pousse sans crier gare et j'atterris à plat dos sur le lit. J'étire les bras des deux côtés pour tenter d'amortir la chute, ce qui n'est pas nécessaire avec un matelas aussi moelleux, et le tissu de la robe se déchire.

Je lève la tête pour constater les dégâts. *Merde !* La dentelle a disparu et mes seins sont maintenant entièrement exposés. Frost rit très fort et je lui lance un regard noir, ainsi qu'à la robe. Qui est à l'origine d'un tel modèle ? Et qui l'a rendu déchirable ? Je remonte un peu le tissu, mais il est trop serré autour de ma poitrine et ne bouge pas du tout.

— Ne bouge pas, je veux profiter de la vue, m'intime Frost, la voix pleine de rire et de désir.

Résignée à mon sort, et très impatiente de le connaître, je me penche à nouveau en arrière, les bras tendus, mes seins bien en vue.

Frost s'avance vers le lit et grimpe sur le matelas, un genou de chaque côté de moi. On dirait qu'il est sur le point de me dévorer tout entière. Je frissonne et des picotements agréables parcourent ma peau.

— Ne bouge pas, murmure-t-il encore, mais ce n'est pas nécessaire.

Je n'ai pas l'intention de changer de position. La façon dont je suis exposée à lui, incapable de cacher ma peau nue, est exaltante. Il ne me touche même pas, mais je sens la chaleur de son regard comme si ses mains couraient sur ma peau. La connexion entre nous vibre, comme si le lien nous disait qu'il est toujours là. Merci, je n'avais pas besoin de ce rappel. Je suis parfaitement consciente de la proximité de Frost, de son regard, dont il tend la main et…

Je me cambre lorsque ses doigts touchent ma peau.

Surpris, il rit.

— Je ne crois pas avoir déjà fait cet effet à une femme.

Croyez-moi, je ne me suis jamais comportée de la sorte avant. D'habitude, j'ai besoin qu'on me touche avant de me libérer de mes inhibitions de cette manière. Mais aujourd'hui, c'est différent. J'ai tellement envie de lui.

Je m'enfonce dans le lit et me promets de ne pas réagir comme…

Il touche à nouveau ma peau et je gémis bruyamment. Je ne peux pas m'en empêcher. C'est comme si son contact était multiplié par mille et mes sens me disent qu'il me touche à d'autres endroits, entre mes jambes, sur mes lèvres, mais je sais que ce n'est pas le cas. Il n'a posé que deux doigts sur mon sein droit, faisant tourner mon mamelon entre eux.

— Qu'est-ce qui se passe ? haleté-je alors qu'il commence à toucher mon autre sein.

— Je n'en suis pas sûr, mais je le ressens aussi, murmure-t-il en faisant un signe de tête vers son entrejambe.

Je relève la tête et baisse le regard. Son pantalon est tendu, il est prêt à sortir pour jouer.

— Prends-moi, gémis-je. Arrête les préliminaires. Fais-le. J'en ai besoin maintenant.

Il acquiesce vivement et se penche en arrière pour enlever son pantalon. Je gémis à nouveau dès qu'il cesse de me toucher. J'ai besoin de plus.

Je n'attends pas longtemps. Il rassemble le tissu de ma jupe et le remonte. Il ne prend pas la peine de baisser ma culotte, il la déchire tout simplement. Waouh. A-t-il déjà fait ça avant ? Mes pensées sont trop échauffées pour que je m'en souvienne.

Puis il est en moi, son membre est dur et satisfaisant, ses mains sur mes seins, ses lèvres sur ma gorge, son essence se mêlant à la mienne. Nous ne faisons plus qu'un, nous sommes ensemble.

Je pose ma bouche sur ses lèvres, l'embrasse passionnément, je me noie dans toutes les émotions qu'il me transmet. Je sens des parties de lui que je n'ai jamais senties auparavant. Des rêves… des souvenirs… des pensées…

Il gémit bruyamment et avec un dernier coup de reins, il jouit en moi, et je l'entoure, le serrant avec mes cuisses, mon dos arqué contre le matelas, chevauchant les vagues qui nous pressent encore plus l'un contre l'autre.

Quelque chose me pousse à fermer les yeux, et soudain, je me vois. Quoi ? C'est moi, allongée sur le lit, les cheveux ébouriffés, la robe remontée autour de mon ventre. Je baisse les yeux et je vois mon membre…

J'ouvre à nouveau les paupières et je me redresse d'un coup, secouant la tête pour chasser cette image de mon esprit.

— C'est quoi ce bordel… marmonne Frost, qui me regarde bizarrement. C'est à ça que je ressemble ?

— Quoi ? Mon membre… balbutié-je, ne sachant pas comment former des phrases cohérentes. Tu…

— Hein ?

— J'étais dans ta tête.

— Et moi dans la tienne ! s'exclame-t-il, l'air aussi confus que moi. Je dois me raser.

J'éclate d'un rire hystérique.

— C'est la première chose qui te vient à l'esprit ? Tu es tellement vaniteux !

Il recule, l'air renfrogné, ce qui gâche son visage parfait.

— Qu'est-ce qui s'est passé ? Comment c'est arrivé ? Pourquoi… ?

Je secoue la tête, m'assieds, et rajuste ma robe jusqu'à ce que je sois un peu moins exposée. Au niveau du bas de mon corps, en tout cas, car je ne peux rien faire pour mes seins qui dépassent.

— Je n'en ai aucune idée. C'était étrange. Tout ça. Combien de temps cela a-t-il duré ? Une minute avant qu'on jouisse tous les deux ? Je veux dire, je t'aime et je te désire, mais c'était rapide, c'est venu de nulle part…

J'arrête de parler. Il n'y a rien à ajouter. Il sait exactement ce qu'il s'est passé. Il l'a senti aussi. Il a vu à travers mes yeux comme j'ai vu à travers les siens.

— Est-ce que ça s'est déjà produit avec l'un des autres ?

J'affiche un sourire maussade.

— Tu ne crois pas que je te l'aurais dit ?

— Oui, tu as raison. Est-ce que c'est le lien ? Tu as dit qu'il devenait plus intense, et Crispin a entendu tes pensées tout à l'heure… mais il change vite !

— Peut-être. Il s'est renforcé lentement, très lentement, mais tout à coup, tout se passe très vite. Peut-être parce que vous partez ? Peut-être qu'il le sait ?

— Est-ce que nous sommes en train de parler de notre lien comme s'il avait des sentiments ? demande-t-il, mais je me contente de hausser les épaules.

Peut-être. Ce lien est une chose étrange. D'autant plus qu'il n'y en a pas qu'un seul. Le premier lien s'est formé quand ils ont pris un peu de ma magie en eux, lors de ma première poussée. Nous avons volontairement créé le deuxième avec un rituel. Peut-être sont-ils en train de se combiner pour former quelque chose de plus fort ?

Je me lève du lit et retire la robe abîmée. Lui tournant le dos, je lui demande :

— Crois-tu que cela se reproduira ?

— Tu parles de faire l'amour avec toi ? Je l'espère vraiment !

J'éclate de rire.

— Tu sais ce que je veux dire.

— Ce serait étrange que ça n'arrive qu'une fois, répond-il, plus sérieusement cette fois. Mais j'espère que la prochaine fois, ce ne sera pas aussi précipité.

— Oui, moi aussi, murmuré-je en enfilant une nouvelle robe, bien moins extravagante cette fois.

Plus de froufrous. Elle est élégante, simple, et Tamara va me pourrir pour l'avoir portée.

— Peux-tu remonter ma fermeture ?

Frost se place derrière moi et passe ses bras autour de ma taille. Il ne fait absolument pas ce que je lui ai demandé. Il pose ses lèvres contre mon cou, et son souffle chaud fait des choses à mon ventre ; j'ai envie d'en ressentir davantage. Comment se fait-il que je sois à ce point insatiable aujourd'hui ? Je dois rencontrer des dieux dans quelques minutes, et me voilà en train de me transformer en une femme en manque et pleine d'hormones au simple contact d'un gardien.

Mon gardien.

— Arrête, murmuré-je sans conviction.

La princesse responsable en moi se bat pour prendre le dessus. Je l'ignore. Elle pourra sortir quand je parlerai aux dieux, mais pas maintenant.

Plutôt que de remonter la fermeture de ma robe, Frost la fait descendre le long de mes épaules, jusqu'à ce que je sois à nouveau à moitié nue. Je ne proteste pas. *Non.* Je pourrai toujours rejeter la faute sur lui si je suis en retard à la fête.

Ses lèvres dessinent une ligne sur mon cou, descendant lentement vers mon épaule droite. Il alterne entre des baisers et des mordillements, qui m'envoient des éclairs au creux du ventre. Il ne devrait pas être autorisé à faire ce genre de choses. Cela me rend faible et gémissante.

Je le sens durcir contre mon dos ; j'ai l'impression qu'il n'a pas remis son pantalon. Je suis sûre que nous avons le temps pour une autre session rapi...

Je suis de retour dans sa tête, je regarde la peau lisse devant moi. Je passe un doigt sur sa clavicule, admirant la perfection de ses courbes. Elle est si belle, si éblouissante. Je veux la garder ici avec moi, ne jamais la laisser partir. Mes frères peuvent se joindre à nous, mais personne d'autre. Rien que nous cinq, enfermés dans cette pièce. Que le monde aille au diab...

Je halète, de retour dans mon propre corps. La robe glisse au sol et Frost recule. Son contact me manque immédiatement. Mes joues s'échauffent à l'idée de ce que je viens de voir. De ce qu'il pensait. J'ignorais qu'il était aussi possessif.

— Étais-tu… ? lui demandé-je en me retournant, presque sûr que la même chose vient de lui arriver.

— J'aime ton esprit, dit-il simplement. Il est si pur.

Je ris.

— Tu devais être dans la tête de quelqu'un d'autre. Mon esprit est à l'opposé de la pureté. Et je dois dire que j'aime bien ce que tu pensais.

C'est alors que je remarque que je suis à moitié nue, qu'il est à moitié nu… et, bien sûr, quelqu'un profite de ce moment précis pour frapper à la porte.

— Princesse, c'est l'heure ! m'appelle Tamara de l'autre côté de la porte. Avez-vous besoin d'aide pour vos cheveux ?

Je me regarde dans le miroir et j'observe mon allure ébouriffée et ma peau rougie. Je pense qu'il n'y a pas grand-chose à faire pour me rendre présentable. Au moins, je vais pouvoir mettre une perruque différente et avoir la coiffure idéale en quelques secondes.

— Cinq minutes ! crié-je à mon tour, et je remonte ma robe, me tournant pour que Frost puisse remonter la fermeture Éclair.

Peut-être y parviendrons-nous cette fois-ci sans baisers et sans que nos hormones s'emballent.

Comme si c'était possible…

CHAPITRE
QUINZE

Les dieux aiment faire la fête.

Pas moi. Pas comme ça, en tout cas. Pas quand je dois serrer des mains, échanger des politesses avec des dieux que je n'ai jamais rencontrés, et que des gens s'inclinent devant moi. Pour moi, une fête, c'est une réunion dans un pub avec quelques amis. Pas ça.

Beaucoup plus de dieux que prévu sont venus.

— Ils veulent voir la demi-déesse, murmure Tamara en m'accompagnant sur le chemin de l'estrade. Vous étiez célèbre dès votre naissance. Maintenant que vous êtes de retour dans notre monde, ils sont curieux. Les demi-dieux sont connus pour être puissants et imprévisibles. La moitié d'entre eux veulent sans doute vous voir exploser pendant la fête, tandis que l'autre espère faire une rencontre…

Je m'arrête net et la regarde, bouche bée.

— Une rencontre ? Genre… une relation ?

Tamara acquiesce.

— Ils pensent qu'être avec la fille de Beira leur donnera de l'influence et du pouvoir.

Je frémis de dégoût.

— Je préfère exploser et les emmener tous avec moi dans l'abîme.

Tamara rit.

— Je ne m'attendais pas à autre chose de votre part. Mais, s'il vous plaît, limitez les explosions au maximum. C'est une soirée importante, et nous ne pouvons pas nous permettre de finir avec des dieux morts.

Je grimace. Elle a malheureusement raison. Nous avons besoin de leur soutien.

Lorsque nous atteignons l'estrade, je me retourne et observe la foule rassemblée. Il doit y avoir au moins cinquante dieux et déesses, peut-être plus. Tous portent leurs plus beaux atours, ou peut-être pas… qui sait s'il leur arrive de porter des tenues décontractées ? Je n'arrive pas à imaginer des dieux comme Zeus en jean. Non pas qu'il soit là. C'est l'un des dieux mineurs, en fait, et il ne vaut pas la peine qu'on s'y attarde. D'après Tamara, il n'a même pas son propre royaume. J'ignore comment il est devenu aussi célèbre.

Tamara donne à l'un des serviteurs le signal de souffler dans une trompette. Oui, une vraie trompette. C'est étrange de constater à quel point certaines choses ici sont restées à l'époque médiévale. Ils auraient simplement pu faire tinter des verres, ou se servir de leur magie pour attirer l'attention de tout le monde.

La foule se tait et les regards se tournent vers moi. J'ai l'esprit vide pendant un moment. Qu'allais-je dire ?

— Son Altesse Royale, la fille de l'Hiver, tueuse de démons, héritière du trône, Lady Wynter.

Je pousse un soupir d'agacement. J'ai dit plusieurs fois au héraut de ne pas mentionner *tueuse de démons*. Je suis sûre que la plupart des gardiens, et même des dieux ici présents ont déjà tué des démons. Ce n'est rien de spécial.

J'élève la voix et je souris à la foule.

— Bienvenue dans le royaume de l'Hiver. Je suis ravie que vous ayez tous réussi à venir dans un délai aussi court. Vous savez tous à quelle situation les royaumes sont confrontés, et je suis certaine que je vais avoir des conversations instructives avec beaucoup d'entre vous ce soir. Mais, pour l'instant, profitez de la nourriture et des divertissements. Je sais que beaucoup d'entre vous s'interrogent sur l'endroit où j'ai grandi, c'est pourquoi j'ai personnellement choisi quelques spécialités terriennes à vous faire goûter.

Non, ce n'est pas moi, c'était une idée d'Arc. Il a demandé aux cuisiniers de préparer des plats britanniques tels que des roulés à la saucisse et des tartes feuilletées. Ensuite, il a décidé d'ajouter au menu des boulettes de haggis frites. La sauce au whisky a cependant mystérieusement disparu, et je me demande si elle n'a pas fini dans l'énorme estomac d'Arc. J'espère que lui et les autres sont conscients qu'ils ne doivent pas se saouler ce soir. Ils doivent infiltrer le royaume d'une déesse maléfique.

La nourriture apparaît sur les longues tables et les dieux prennent place. Il y a aussi des gardiens parmi eux, sans doute des serviteurs, des assistants, des protecteurs, des amoureux, ce genre de choses.

Je me tourne vers Crispin, qui s'est assis à côté de moi.

— Peut-être que toi et les autres devriez entamer des conversations avec les autres gardiens. Ils pourraient être disposés à partager des informations sur leurs dieux.

Il acquiesce.

— Bonne idée. Je vais le dire aux autres. Ils sont prêts, d'ailleurs. Tu n'as plus qu'à leur dire quand tu penseras le moment venu pour eux de partir. Nous devrions nous assurer que les gens les voient d'abord, juste au cas où il y aurait des espions.

— Oui, sans aucun doute. Où sont-ils ?

— Juste derrière toi, dit la voix grave de Storm.

Je me retourne et je vois mes trois autres gardiens, debout derrière moi, les bras croisés de manière protectrice.

— S'il te plaît, pourrais-tu avoir l'air un peu moins intimidant ? lui demandé-je, même si j'aime bien son air sévère. Tu es censé te mêler à la foule et te montrer amical, pas avoir l'air d'être sur le point d'arracher des têtes.

— Je déteste me mêler aux autres, se plaint Arc. Les gens ne comprennent pas mon accent.

— Arrête de te trouver des excuses. Ton accent est charmant. Sers-t'en sur les dames.

Cela me fait un peu mal de dire ça. Je ne veux pas qu'il parle à d'autres femmes. Je le veux pour moi toute seule. Mais il s'agit de politique, et c'est important. S'il parvient à charmer une gardienne pour qu'elle lui livre des secrets sur son dieu, alors cela vaut la peine que j'éprouve une certaine jalousie.

— Ce dont nous avons vraiment besoin, c'est de savoir qui est prêt à nous soutenir lorsque le pire se produira. Qui se dressera contre nous. Et qui ne s'impliquera pas du tout. Nous devons donc connaître leurs forces. Quelle est la puissance de leurs armées ? Quelle est la puissance de leur magie ? Seront-ils des atouts ou ne valent-ils pas la peine qu'on se préoccupe d'eux ?

Ils savent déjà tout cela, mais je le répète surtout pour moi. Si je suis obligée de souffrir dans une robe au milieu de dieux chics et spectaculaires, il faut que ce soit pour une bonne raison.

— Tu parles en vraie monarque, murmure Crispin d'un air approbateur. Maintenant, mange quelque chose, sinon tu auras l'air de comploter.

Je regarde l'assiette qui est apparue devant moi. Elle contient certains de mes plats préférés, qu'ils viennent du royaume ou de la terre. Je suis trop nerveuse pour manger grand-chose, mais je comprends le raisonnement de Crispin. Je dois faire semblant d'apprécier cette soirée, même s'il y a environ un million d'endroits où je préférerais être.

Pendant que mon père pourrit dans le donjon de la Morrigan, j'organise un bal. C'est pathétique.

Je grignote un morceau d'un délicieux Yorkshire pudding et j'observe les dieux et déesses en contrebas. Certains sont complètement concentrés sur leur repas, qu'ils engouffrent, d'autres parlent entre eux, tandis que d'autres encore tripotent leurs gardiens. Je me détourne, gênée. C'est un monde différent, c'est certain.

Ce genre d'hédonisme n'est vraiment pas pour moi. J'aurais aimé que Beira soit là avec moi pour m'enlever un peu de pression, mais elle est au lit, en train de dormir. Crispin l'a examinée juste avant de venir ici et m'a dit que son état n'avait pas changé. J'ignore si c'est une bonne ou une mauvaise chose.

Quelqu'un s'approche de l'estrade ; un dieu très blond… non, très *doré*. Ses cheveux sont d'un or pur et brillant, tout comme sa peau et ses vêtements. Je n'ai jamais vu quelqu'un d'aussi radieux. Son visage semble étrangement ciselé, sans aucune ligne lisse.

Arrivé à ma table, il lève la tête et me montre ses yeux d'ambre. Ils contiennent des tourbillons dorés, beaux et fascinants.

— Apollon, murmure Crispin dans mon oreille.

J'écarquille les yeux. Enfin ! Un dieu dont j'ai entendu parler. Il est aussi époustouflant que je m'y serais attendue. Je repense aux statues d'Apollon que j'ai vues sur Terre. Là-bas, il porte généralement une couronne de laurier, mais pas ici. Est-ce encore une invention des hommes, ou ne la porte-t-il que pour les grandes occasions ?

Il me fait une courte révérence, qui ressemble davantage à un hochement de tête qu'à une génuflexion.

— My lady, c'est un plaisir de vous rencontrer.

Je me lève : je ne veux pas me retrouver à lever le nez pour le regarder.

— Tout le plaisir est pour moi. Vous êtes célèbre, même sur Terre. J'ai grandi avec des histoires vous concernant, et j'aimerais savoir combien d'entre elles sont réelles.

J'avais l'intention de le flatter, mais la dernière phrase est sortie de travers. Comme si je doutais des histoires qu'on raconte sur lui. Ce qui est le cas, mais il n'a pas besoin de le savoir. Je ne crois plus aux légendes que j'ai entendues sur Terre. Seule une infime partie d'entre elles sont vraies et, le plus souvent, les dieux sont à l'opposé de ce que j'avais imaginé.

Apollon rit.

— J'apprécie toujours d'entendre des histoires sur moi. Plusieurs gardiens postés sur Terre m'informent des dernières rumeurs. Elles ne sont plus aussi nombreuses qu'il y a deux mille ans, bien sûr, mais elles sont toujours aussi divertissantes.

Il m'adresse un grand sourire, et je me dis qu'il est peut-être quelqu'un de bien... enfin, un dieu... Enfin, que ce serait sûrement bien d'apprendre à le connaître.

— Je vais aller me mêler à la foule, me dit Crispin à voix basse, et il se lève, cédant sa place à Apollon.

Le dieu n'attend pas que je l'invite à s'asseoir de moi. Un fort parfum de vanille et de fleurs de sureau emplit mon nez lorsqu'il s'installe. C'est une odeur séduisante et je me rapproche instinctivement de lui.

— Merci d'être venu, lui dis-je, l'esprit à nouveau vide. Venez-vous de loin ?

Il rit, comme si j'avais fait la blague du siècle.

— Êtes-vous sérieusement en train de faire la conversation au dieu de la Poésie ?

Je fronce les sourcils, quelque peu irritée par sa réponse.

— La poésie ? Je croyais que c'était la connaissance et la lumière.

— Oui, ça aussi, répond-il avec dédain. Et la musique, l'art, le tir à l'arc, faites votre choix. Je suis très doué, à plus d'un titre.

Il hausse un sourcil de manière suggestive. Et voilà, ça commence… J'avais espéré qu'il n'y aurait pas de flirt, mais apparemment, mes espoirs sont réduits en fumée par un dieu aussi lumineux que le soleil.

— C'est bon à savoir, lui dis-je, parlant d'un ton égal. Êtes-vous aussi doué pour le combat ?

Il éclate de rire.

— Droit au but, à ce que je vois. Vous renoncez à la conversation ?

Je souris.

— Pourquoi ennuyer quelqu'un d'aussi talentueux avec un bavardage inutile ? Et si vous êtes vraiment le dieu de la connaissance, vous êtes conscient des enjeux.

Il affiche aussitôt un air sérieux.

— En effet. Votre royaume n'est pas le seul concerné. Rien que cette semaine, mes gardes ont attrapé trois groupes d'espions démoniaques. Je suis sûr qu'il y en a d'autres qui passent inaperçus. J'ai entendu dire que vous aviez une théorie au sujet de qui contrôle les démons ?

À l'évidence, il le sait déjà.

— Ce n'est pas une théorie. Nous savons avec certitude que la Morrigan contrôle les démons. Elle s'est emparée de leur royaume et les a réduits en esclavage.

— La Morrigan, hein ? Avez-vous des preuves ? Cela fait

longtemps qu'elle est partie. Pour quelle raison contrôlerait-elle les démons ?

J'ignore quoi penser d'Apollon. Au début, il a semblé comprendre le problème. Maintenant, il pose des questions évidentes, comme s'il doutait de moi.

— Pour la vengeance. Ma mère lui a tout pris. Apparemment, elle en a assez de se tapir dans l'ombre, et elle veut montrer qu'elle est toujours aussi puissante.

— Seuls Beira et Angus sont plus puissants qu'elle, dit Apollon à voix basse. Si elle contrôle les démons... vous n'avez aucune chance contre elle.

— Eh bien, nous n'allons pas rester là à attendre qu'elle envahisse notre royaume, dis-je vivement. Elle est peut-être forte, mais nous ne sommes pas seuls. Nous avons des alliés, et maintenant qu'elle a commencé à tuer des dieux, d'autres nous rejoignent chaque jour.

C'est du bluff, bien sûr. La seule à nous avoir rejoints récemment est Flora. La déesse du Printemps est assise à l'une des tables à l'autre bout de la salle et parle avec animation à une autre déesse vêtue d'une robe verte très élaborée, décorée de vraies fleurs et de lianes. Une divinité de la nature, peut-être ?

— Elle a tué des dieux ?

Apollon hausse les sourcils, visiblement surpris. Je suppose que la nouvelle ne s'est pas encore répandue. Peut-être devrions-nous veiller à ce que tout le monde ici soit au courant que Fav a été tué. En fait, c'est exactement ce que je vais faire.

— Oui, elle a fait ça, lui dis-je, puis je me lève en tapant ma fourchette contre mon verre de vin pour attirer l'attention de nos invités. Je m'excuse d'interrompre votre dîner, mais je me rends compte que vous n'êtes peut-être pas au courant de la tragédie qui a frappé l'une de nos invitées de ce soir. Je vous invite tous à vous lever et à observer une minute de silence en l'honneur de Favonius, qui a été brutalement tué par la Morrigan il y a quelques jours. Sa veuve, Flora, est ici avec nous, et je suis sûr que vous êtes tous d'accord avec moi pour lui présenter nos sincères condoléances.

Le silence retombe sur la salle. La stupeur se lit sur les visages de la plupart des invités, et certains commencent à chuchoter entre eux.

— Avez-vous des preuves ? s'écrie soudain un dieu costaud, dont la grande barbe rousse dissimule la majeure partie de son visage.

Flora se lève, et ses lèvres pâles tremblent légèrement. Elle glisse la main dans le corset serré qui épouse sa silhouette délicate, et elle en sort une plume de corbeau qu'elle portait entre les seins.

— L'un de mes messagers l'a vue rencontrer Angus, dit-elle en tremblant, mais sa voix se stabilise lorsqu'elle serre la plume plus fort et la montre à tous. Elle a essayé de m'empoisonner, mais mon mari a mangé ce qui m'était destiné et il est mort. Cette plume a été laissée sur sa poitrine, un signe distinctif de la Morrigan. Elle a tué un dieu pour que l'information ne se propage pas. Angus travaille avec elle, et ensemble, ils ne s'arrêteront pas avant de régner sur tous les royaumes. Le dieu de l'Été veut depuis longtemps rompre l'équilibre, mais vous vous souvenez tous de ce qui s'est passé la dernière fois. L'Hiver et l'Été doivent être égaux, sinon nous en ressentirons tous les effets.

Elle prend une grande inspiration, clairement audible dans le hall silencieux.

— La Morrigan se fiche de l'équilibre. Tout ce qu'elle veut, c'est le pouvoir. Une fois qu'elle aura conquis ce royaume, elle pourra même défier Angus jusqu'à ce qu'elle domine les royaumes d'Hiver et d'Été. Imaginez ce que cela signifierait pour nous tous. Personne ne serait en sécurité, explique-t-elle.

Elle lève la plume encore plus haut.

— Nous devons tous nous serrer les coudes pour la combattre et la chasser définitivement. J'ai promis d'aider la reine Beira et sa fille. Ferez-vous de même ?

Elle reste un moment debout, regardant les dieux rassemblés. Puis elle s'assied dans un grand mouvement de sa robe.

Vient-elle de faire mon travail à ma place ?

Avant qu'ils n'aient le temps de reprendre la parole, je m'écrie :

— S'il vous plaît ! Une minute de silence pour Favonius.

Dans un grondement de chaises, certains dieux se lèvent, dont celui à la barbe rousse qui m'a défiée tout à l'heure. Il brandit sa grande chope et rugit :

— Pour Favonius !

D'autres se joignent à lui, avant de retomber dans le silence. Je n'arrive pas à croire ce qui est en train de se produire. L'ambiance a changé et il semble que l'histoire de Flora les a émus plus que je n'aurais pu le faire. La Morrigan a tué l'un des leurs, et si elle a commis cela, ils se disent sans doute qu'ils pourraient être les prochains.

— Merci, dis-je une fois la minute de silence terminée. Comme l'a dit Flora, nous devons nous serrer les coudes en ces temps difficiles. N'hésitez pas à venir me voir si vous avez des questions sur la manière dont nous pouvons nous aider mutuellement.

Je m'assieds, et tout le monde fait de même. C'est plus calme qu'avant, les gens se parlent plutôt que de crier à travers la salle. Nous avions prévu de faire jouer l'orchestre après le dîner, mais je demande à Tamara d'attendre. Nous ne voulons pas que les dieux cessent de discuter de la situation. Après tout, ils sont là pour ça.

Non loin de Flora, Storm est debout avec un groupe de gardiens. Ils sont en pleine discussion, à grand renfort de gestes et de hochements de tête. Tous l'écoutent : je suppose que c'est un bon signe.

Du regard, je cherche mes autres gardiens. Crispin discute avec une déesse brune qui le dépasse d'au moins une tête. Elle me fait penser à une amazone, avec sa peau d'ébène et sa silhouette élancée. Une déesse guerrière, peut-être ?

Frost et Arc sont assis dans un coin avec un groupe de gardiennes. Cela me paraît logique qu'ils attirent les femmes. Espérons qu'ils obtiendront des informations, et qu'ils ne se contenteront pas de flirter.

— Bien joué, dit soudain Apollon, la voix enjouée.

J'avais presque oublié qu'il était assis à côté de moi.

— Ce n'est pas un jeu, répliqué-je un peu trop brusquement. Pardonnez-moi, mon père est retenu prisonnier, ma mère est alitée et malade et mes gardiens sont sur le point de partir pour une mission dangereuse.

— Tout est un jeu, sourit Apollon. La Morrigan a installé le plateau et fait ses premiers mouvements, c'est maintenant à nous de jouer. D'ici la fin de la soirée, vous devriez savoir qui rejoint notre côté de l'échiquier.

— Notre côté ? demandé-je, haussant les sourcils d'un air interrogateur.

— Bien sûr. Vous ne l'aviez pas encore compris ? Je suis le dieu de la connaissance, je sais reconnaître une bonne cause quand j'en vois une.

Il se lève et m'adresse une nouvelle révérence, une vraie, cette fois.

— Transmettez mes salutations à votre mère. Je serai prêt à vous aider si le besoin s'en fait sentir.

Je suis trop abasourdie pour répondre, mais il s'éloigne déjà, descendant l'estrade pour retourner à l'endroit où il était assis auparavant. Il prend place entre deux dieux, tous deux habillés de couleurs naturelles ; leurs vêtements sont bien plus simples que ceux de la plupart des autres. Je me demande qui ils sont. L'un d'eux semble asiatique, mais il n'y a pas d'Asie dans les royaumes.

— Bien joué, me dit Tamara de l'autre côté. Je vais l'ajouter à notre liste de soutiens. Espérons que d'autres se joindront à lui avant la fin de la soirée.

CHAPITRE
SEIZE

— **S**oyez prudents, leur dis-je, veillant à ce qu'ils comprennent que c'est un ordre.

Ils devront y obéir. Il leur est interdit de se blesser.

— Bien sûr. Nous serons de retour avant que tu te rendes compte que nous sommes partis, me rassure Frost en me prenant dans ses bras.

Je me fonds dans son étreinte, respirant son parfum de brise marine.

Arc m'enlace par derrière, me prenant en sandwich entre eux deux. Son étreinte est dure, rude, comme s'il ne voulait pas me laisser partir.

— Frère, c'est mon tour.

Avec un soupir, Frost recule, laissant Storm prendre sa place. Je passe mes bras autour de son dos et avant que je m'en rende compte, ses lèvres sont sur les miennes. Il m'embrasse fougueusement, mais juste un instant, puis il s'éloigne, tout comme Arc. Je me sens terriblement seule sans leur contact. Je

211

ressens encore leur chaleur sur ma peau, mais je ne veux rien d'autre que tendre la main et ne jamais les laisser partir.

— Ne meurs pas, me dit Storm d'un ton bourru.

— Ne meurs pas non plus, rétorqué-je. Et ramenez mon père. Et la tête de la Morrigan, si vous en avez l'occasion.

— Oui, avec plaisir, grogne Arc. J'enverrai un message à Thomas dès que nous aurons atteint le château de Tioram.

Thomas est l'un des gardiens qui possèdent la même magie mentale qu'Arc. Ils sont capables de communiquer à distance, même si c'est plus compliqué lorsqu'ils ne se trouvent pas dans le même royaume.

— Je ferai savoir aux gardes qu'il doit être autorisé à entrer dans ma chambre à tout moment.

— Pas dans ta chambre ! proteste Storm. Elle est à nous.

Je laisse échapper un grand soupir.

— Je t'en prie, ne recommence pas ce débat sur *ces seins qui sont les nôtres.*

Arc et Storm posent des regards confus sur moi, et Frost se met à rire.

— Tu ne leur as pas encore dit ? lui demandé-je, incrédule.

Il secoue la tête, toujours hilare.

— Je le ferai pendant le vol.

— J'ai hâte d'y être, dit Arc en souriant. J'aime les seins.

Je les serre tous une dernière fois dans mes bras, puis je leur fais signe de sortir de la pièce.

— Soyez prudents, répété-je. À bientôt.

LA FÊTE BAT son plein lorsque je retourne dans la salle. L'orchestre a commencé à jouer et certains dieux dansent, mais la plupart sont encore assis en petits groupes et discutent.

J'espère qu'ils sont tous en train de déterminer s'ils vont nous rejoindre ou non. Selon Tamara, maintenant que nous avons Flora et Apollon à nos côtés, nous comptons plus d'alliés qu'Angus. Mais il a la Morrigan, qui est aussi puissante que plusieurs dieux réunis, et qui est à la tête d'une armée entière de démons.

Flora s'approche de moi quand elle voit que je suis revenue.

— Anubis, Déméter, Krishna et Hathor se sont tous engagés à nous soutenir. Ganesha ne va pas tarder à faire de même, je le sens. Poséidon est presque convaincu lui aussi.

— Bien joué. Merci pour votre discours de tout à l'heure, c'était exactement ce dont nous avions besoin.

Elle hausse les épaules.

— C'était la vérité. Ils devaient savoir de quoi cette garce est capable. Elle est imprévisible, et qui sait qui elle visera ensuite si elle les soupçonne de savoir des choses qu'ils devraient ignorer.

— Quand même, je vous remercie.

Je la serre spontanément dans mes bras et, après un moment de surprise, elle fait de même. Sa robe est lisse et soyeuse et j'en suis presque jalouse. C'est étrange de serrer quelqu'un dans ses bras ; cela fait longtemps que je ne l'ai pas fait. Ma mère n'est pas vraiment du genre à faire des câlins.

— Je ferais mieux d'y retourner, il y a d'autres personnes qui veulent me parler. Oh, et vous devriez discuter avec Hadès. Il semblait vouloir vous rencontrer.

Je déglutis avec difficulté. J'ai déjà rencontré Hadès, mais je me suis enfuie dès que je l'ai vu, j'ai fait semblant d'être occupée. Il dégageait une impression de noirceur, et avec sa réputation, je n'avais pas envie de le connaître de plus près. Ma mère m'a réprimandée pour avoir réagi de la sorte : apparemment, Hadès n'est pas si mauvais que ça. Comme beaucoup de dieux, il a une mauvaise réputation, mais il n'est pas vraiment méchant.

Je ferais mieux de m'en occuper maintenant, avant de changer d'avis.

— Merci, Flora. Je vais aller le voir. Si vous croisez Crispin, pourriez-vous lui dire que je voudrais lui parler ?

Les yeux d'Hadès sont comme des puits sans fond, m'attirant dans leurs ténèbres. Ses cheveux noirs sont ramenés en queue de cheval, et ses épais sourcils sont froncés quand il me regarde. Cela fait une demi-minute qu'il fait ça, maintenant, il m'observe comme si j'étais une sorte de spécimen qu'il essaie de comprendre.

— Ma sœur m'a dit qu'elle vous soutenait, dit-il enfin, d'une voix incroyablement grave.

— Votre sœur ?

Je me maudis de ne pas connaître tous les liens des dieux entre eux. J'ai lu les notes de Tamara sur leurs capacités et leurs pouvoirs, mais la plupart d'entre elles ne mentionnaient pas s'ils étaient apparentés.

— Déméter. La déesse des Moissons. Elle a discuté avec Flora toute la soirée.

Il pointe du doigt une belle femme en robe verte, celle que j'ai vue avec Flora plus tôt. Les lianes qui entourent sa taille sont en train de bouger, l'enlaçant doucement.

Comment se fait-il que le dieu des Enfers et une déesse de la Fertilité soient parents ? Ça n'a aucun sens. Peut-être ont-ils été adoptés ? Mais d'un autre côté, ça n'a aucun sens non plus. Les dieux ont été créés par Angus et Beira, il n'y a pas d'autres liens de parenté. Peut-être ont-ils été fabriqués en même temps, ce qui fait d'eux des frère et sœur ?

— Je ne l'ai pas encore rencontrée, admets-je. Mais j'aimerais faire sa connaissance.

Hadès fronce les sourcils.

— Croyez-moi, vous n'en avez pas envie. Elle parle trop.

Mais elle est aussi naïve. Je ne veux pas qu'elle ait des ennuis. Si elle se bat à vos côtés, je serai là aussi, pour la protéger. Je ne suis pas votre allié. Je suis le sien.

Sur ces mots, il tourne les talons, détournant de moi ce regard qui m'avait retenue prisonnière pendant toute la durée de notre courte conversation.

Quel dieu étrange ! Je me fiche que nous ne soyons pas officiellement alliés tant qu'il n'est pas du côté d'Angus.

Je note mentalement de demander à Tamara de l'ajouter à la liste de nos soutiens.

— Mini-déesse, te voilà !

Une voix tonitruante me pousse à me retourner, et je manque de heurter Thor. Le dieu du Tonnerre n'est pas torse nu cette fois-ci, mais son gilet en cuir ne laisse pas beaucoup de place à l'imagination. À côté de lui se trouve une jeune fille aux cheveux tout aussi flamboyants que ceux de Thor. Elle doit être sur la fin de l'adolescence, mais si ses yeux verts pétillants la font paraître plus âgée, l'abondance de taches de rousseur sur ses joues et son nez contrebalance cet effet. Elle me fait beaucoup penser à Fifi Brindacier.

Je remarque qu'elle louche légèrement quand elle me fixe avec curiosité.

— Je te présente Pippa, ma fille, annonce Thor en poussant la jeune fille vers l'avant.

Elle me gratifie d'une élégante révérence ; manifestement elle est habituée à la vie dans les cours royales.

— Votre Altesse. Enchantée de vous rencontrer.

Je n'arrive pas à situer son accent. Il n'y a pas la même dureté nordique que chez son père, mais c'est une version plus douce. Elle m'adresse un large sourire, et je ne peux m'empêcher de le lui rendre.

— C'est un plaisir pour moi. Ton père m'a beaucoup parlé de toi.

Elle soupire.

— Il le fait souvent. J'aimerais qu'il arrête de parler de moi à tout le monde. C'est difficile d'être une guerrière mystérieuse si tout le monde sait qui tu es.

Je ne peux réprimer un sourire.

— Tu es une guerrière ?

— Je sais que je n'en ai pas l'air, mais cela fait partie de ma force, dit-elle avec assurance. Les gens ne s'attendent pas à ce que je puisse leur botter les fesses.

— C'est bien ma fille, toujours prête à faire des surprises, lance Thor avec un sourire fier. C'est l'une des meilleures combattantes de mon royaume.

— Même si tu ne possèdes pas de magie ?

Je pose la question et je la regrette aussitôt, car son expression laisse transparaître son agacement.

— Oui, même sans magie. Je n'en ai pas besoin. Je suis forte sans cela. Ce n'est pas parce que je suis humaine que je suis faible.

Je lève les mains et lui adresse un sourire rassurant.

— Hé, j'ai grandi avec des humains, je sais à quel point ils peuvent être forts et résistants. Crois-moi, certains d'entre eux valent bien plus que des dieux.

Elle retrouve son sourire.

— Je ne sais pas. Je n'ai jamais rencontré d'autre humain.

— C'est pourquoi je veux qu'elle passe un peu de temps sur Terre, dit son père. Mini-déesse, je t'en prie, dis-lui que c'est une bonne idée.

— Seulement si tu arrêtes de m'appeler comme ça, dis-je, même si j'aime bien avoir un surnom.

Je veux dire, combien de fois cela arrive-t-il que le dieu du Tonnerre vous attribue un surnom ? Il sourit.

— Votre Altesse Royale, tueuse de démons, s'il vous plaît, dites à ma fille d'aller sur Terre.

Pippa donne un coup de coude dans le ventre de Thor. Elle ne peut pas le frapper plus haut, il est trop grand.

— Arrête, papa. Je t'ai dit que je n'irai pas, et c'est tout. Je n'ai pas besoin d'humains. Les royaumes sont mon chez-moi, et je préfère de loin visiter d'autres royaumes que la Terre. Ça m'a l'air d'être un endroit ennuyeux.

— Tu ne pourras pas voyager tant que durera cette guerre ! tonne-t-il, lui jetant un regard sévère. Si tu veux voyager, va sur Terre. C'est un endroit sûr.

Je me retiens de lui dire que même sur Terre, le danger existe. Il n'est pas nécessaire d'user de magie pour faire du mal à quelqu'un. Je pense que les humains sont moins gentils les uns envers les autres que les dieux. Ici, dans les royaumes où tout le monde est immortel, ils doivent penser à l'avenir. S'ils se disputent avec quelqu'un, cela peut avoir des conséquences sur plusieurs siècles. Les humains ne pensent pas comme ça.

— Papa, est-ce qu'on peut arrêter ? Je suis sûre que Wynter est très occupée.

Pippa me regarde d'un air peiné, comme si elle avait eu cette discussion bien trop souvent. Je décide de la sauver.

— En fait, elle a raison. Je dois aller discuter avec Epona, et je viens de la voir se diriger vers l'estrade. Mieux vaut que je la rattrape maintenant, avant qu'elle pense que je ne veux pas lui parler.

— À plus tard, mini-déesse, ricane Thor. Dis-moi quand tu voudras une autre leçon.

Je leur adresse un signe de tête et je rejoins Epona. Certes, je ne suis pas aussi impatiente de parler à la déesse celtique des

Chevaux que je l'ai prétendu, mais elle figure sur la liste des dieux que j'ai envie de rencontrer.

C'est une femme de grande taille portant une tenue de cuir qui lui donne l'air d'être déjà prête pour le combat. Ce n'est assurément pas le genre de choses que je porterais pour une fête. Ses longs cheveux sont tressés et enroulés autour de sa tête comme une couronne. Son nez est légèrement retroussé, ce qui lui donne un air distant, mais son regard est bienveillant lorsqu'elle s'approche de moi.

Elle s'incline plutôt que de faire une révérence, ce qui la distingue encore des autres divinités féminines que j'ai rencontrées aujourd'hui.

— My lady. Un mot, s'il vous plaît ?

Droit au but, pas de bavardage. Ça me plaît.

Je fais un signe de tête en direction de l'estrade abandonnée. Tout le monde est parti ; Crispin se mêle à la foule, mes gardiens sont en route vers la porte de l'ouest, et Tamara doit être occupée à compter les dieux qui sont de notre côté.

J'écarte deux chaises de la table et des desserts alléchants qui attendent toujours que je les déguste, et je m'assieds, invitant Epona à faire de même.

— Je suis une déesse de la Guerre, commence-t-elle sans préambule. Pas comme la Morrigan. Je me bats pour une cause, pas pour le plaisir de tuer. Je ne sacrifie pas mon peuple pour des raisons auxquelles je ne crois pas. J'ai créé et formé moi-même tous les gardiens de mon royaume, ce sont les meilleurs des meilleurs. S'ils doivent se battre pour vous, j'ai besoin de savoir qu'il y a une raison à ce conflit.

Je suis un peu perdue. Flora a donné toutes les raisons pour lesquelles nous nous battons tout à l'heure. Epona était-elle absente lors de ce discours ?

Comme si elle lisait dans mes pensées, elle ajoute :

— Je veux l'entendre de votre bouche, princesse. Si je me bats sous votre bannière, je veux que ce soit vous qui m'expliquiez pourquoi j'envoie mes guerriers au combat.

Je hoche la tête. Je comprends. Elle s'est engagée à assurer la sécurité de son peuple, et c'est admirable. Je ne pense pas que tous les dieux ici présents prennent autant soin de leurs gardiens qu'Epona semble le faire. Si elle les entraîne vraiment elle-même, ils doivent constituer une force redoutable.

— Ma mère est affaiblie, lui dis-je, car je ne veux pas cacher la vérité. En s'associant avec la Morrigan, Angus est plus fort que jamais. Sans l'aide de nos alliés, ils pourraient aisément envahir le royaume de l'Hiver. La Morrigan prendrait le pouvoir et gouvernerait ce royaume, perturbant l'équilibre délicat. Toute notre magie en dépend. S'il est détruit, la magie fonctionnera mal. Personne ne sait quel effet cela pourrait avoir.

— Ce sont de nobles raisons, répond Epona. Mais elles ne sont pas suffisantes pour que mon peuple se batte. Donnez-moi quelque chose en quoi croire.

Je réfléchis un instant. Qu'est-ce qui me fait le plus haïr la Morrigan ? Pourquoi est-ce que je méprise Angus ?

— La Morrigan a tué ma mère adoptive, dis-je doucement. Elle a torturé mon petit ami. Mon père est toujours entre ses griffes. Ils ont essayé de nous assassiner, ma mère et moi. La Morrigan et Angus ont tous les deux attaqué ma famille, et je ne connaîtrai pas le repos tant que je ne les aurai pas punis pour cela. Je vais venger ma mère et m'assurer qu'ils ne fassent plus jamais de mal à personne.

Epona me regarde un instant et j'en suis presque à me demander si elle va se lever et partir, quand elle me tend la main pour que je la serre.

— Vous aurez mon soutien, princesse. Faisons souffrir la Morrigan comme elle vous a fait souffrir.

Sa poigne est ferme et forte, son contact est très puissant. Elle sera une alliée précieuse.

— Merci, Epona. Je ferai tout ce qui est en mon pouvoir pour assurer la sécurité de votre peuple.

— Je n'ai aucun doute à ce sujet, répond-elle, puis elle se lève et sourit. Une fois que tout cela sera terminé, venez me rendre visite dans mon royaume. Je pense que vous vous y plairez. C'est un peu moins formel qu'ici.

Je suis tentée. Des vacances avec mes gardiens… je crois que je l'ai bien mérité. Une fois que nous aurons battu la Morrigan. Commençons par le commencement.

CHAPITRE
DIX-SEPT

C'est étrange de n'avoir que Crispin dans mon lit. En général, il y a au moins trois gardiens dans mon lit, ou quatre, quand aucun d'eux ne doit assurer la garde de nuit. Ce soir, Crispin est le seul à me toucher, ses bras sont passés autour de ma taille, et son torse est plaqué contre mon épaule. Il dort profondément, sa respiration est lente et régulière.

Je suis épuisée, mais le sommeil ne vient pas. Je me demande où sont passés les autres. Ont-ils atteint la porte ?

Je regarde ma montre. Quatre heures ont passé depuis leur départ. Ils devraient être arrivés sur Terre maintenant. D'ici quelques heures, ils atteindront le château de Tioram. J'espère qu'ils parviendront à franchir la porte sans avoir à se battre. Mais ce n'est qu'un mince espoir ; je suis sûre que des démons gardent l'entrée de leur royaume.

Pendant un instant, je me remémore Chesca. Sans elle, nous n'aurions pas su que la Morrigan avait pris le contrôle du royaume des démons. Elle est morte sous les coups d'un de nos gardes, et je m'en veux encore pour ça. Je n'aurais pas pu l'empêcher ; pour eux, elle n'était qu'un démon de plus. Je ne peux pas vraiment leur en vouloir. Ils ne faisaient que leur travail, ils protégeaient nos frontières. Au moins, elle a réussi à faire passer son message avant de mourir. Même si je méprise les démons, je ne peux m'empêcher de penser qu'ils ne méritent pas d'être gouvernés par la Morrigan. Certains d'entre eux doivent être bons, comme l'était Chesca, tout comme certains des démons qu'Aodh et elle réhabilitaient. Si elle était encore en vie, elle aurait pu infiltrer le royaume des démons et espionner pour nous. Mais il est trop tard maintenant. Elle est morte, enterrée près de la porte où elle a été tuée.

Quand je suis arrivée ici il y a quelques semaines, je n'aurais jamais pu imaginer que je participerais à une guerre peu de temps après. Ou que ma mère se retrouverait alitée, totalement privée de magie, sans sa force habituelle. Ou que mon autre mère serait morte.

Depuis quand la vie avait-elle sombré dans une telle folie ?

Soudain, une lumière clignote devant mes yeux et je suis projetée dans l'esprit de Frost. Je sais aussitôt que c'est lui ; je *sens* que c'est lui.

Il se tient devant un château en ruines. La lumière du matin commence à peine à percer à travers les arbres qui entourent le loch où se trouve l'île du château. C'est une structure imposante, même si elle n'a pas de toit et que certains de ses murs se sont largement effrités.

Une mince chaussée s'étend devant mes hommes, menant vers le château. Ils ont dû bien choisir leur moment pour arriver, car la marée est basse, ce qui leur permet d'accéder facilement à la petite île.

Comment se fait-il qu'ils soient déjà là ? Cela aurait dû leur prendre plus de temps… mais je me souviens maintenant que le temps ne s'écoule pas de la même façon sur Terre qu'ici. Il est possible qu'ils soient en Écosse depuis des heures.

Aussi rapidement que j'ai été projetée dans la tête de Frost, j'en ressors, et je suis de retour dans mon lit. À quoi cela a-t-il servi ? Je sais maintenant qu'ils sont arrivés à bon port, mais Arc devait en informer son contact. J'espère que ce n'est pas la dernière fois que je vois à travers les yeux de Frost.

Mais… la dernière fois que c'est arrivé, il était dans ma tête et moi dans la sienne. Cela signifie-t-il qu'il a senti Crispin se coller contre lui ? Je souris. Pauvre Frost. Mais une pensée plus sombre s'empare alors de mon esprit. S'il est dans ma tête, cela signifie-t-il qu'il est sans défense dans son propre corps ? J'espère que non.

J'ignore pourquoi ces étranges échanges se produisent, ou comment les contrôler. Il ne faut pas qu'ils arrivent au milieu d'une bataille, je ne peux pas laisser faire ça. D'une manière ou d'une autre. Peut-être que si je renforce mes barrières mentales, cela les empêchera de se produire ? Même si j'ai envie de voir ce que font Frost et les autres, cela ne vaut pas la peine de risquer sa vie.

J'IGNORE quand je me suis endormie, mais je ne me suis pas assez reposée. Je me frotte les yeux en bâillant bruyamment.

— Tu es mignonne quand tu es fatiguée, s'amuse Crispin.

Si je n'étais pas si épuisée, je lui jetterais un oreiller. Au lieu de cela, je me blottis contre son corps chaud et je fais semblant de dormir. Je décide d'ignorer que Tamara est dans la pièce et qu'elle vient de me réveiller.

— Vos gardiens ont atteint le château de Tioram, nous dit-elle, et je gémis.

Sa voix est trop forte. Je veux dormir. Les matins, c'est l'enfer.

— Je sais, murmuré-je dans mon oreiller.

— Comment ? s'enquiert Crispin, confus.

— Le lien.

— Tu peux discuter avec les autres à travers le lien, maintenant ? demande-t-il, et je me rends compte que je ne lui ai pas encore raconté ce qu'il s'est passé entre Frost et moi.

— Non.

— As-tu l'intention de ne répondre que par un seul mot à partir de maintenant ?

— Oui.

Tamara rit doucement.

— Je vous laisse tous les deux. La réunion du conseil a lieu dans une demi-heure.

Je gémis à nouveau, maudissant la vie, le sommeil, la fatigue et tout le reste. Qu'ai-je fait pour mériter ça ? Ah, oui ! Je suis le fruit des amours d'une déesse et d'un gardien. Maudits gènes.

Crispin m'embrasse doucement sur le front, et passe ses mains sur mon crâne rasé.

— Lèvres, marmonné-je, et il éclate de rire.

Son torse vibre contre ma poitrine.

Il fait ce que je lui demande et la matinée commence à s'éclaircir un peu.

IL EST étrange que Magnus ne soit pas présent. À sa place se trouve un gardien aux cheveux blonds, aux joues rebondies et au menton couvert de barbe, l'air enthousiaste. J'espère qu'il sera à la hauteur. Nous ne pouvons pas nous permettre de former un remplaçant pour notre trésorier. Peut-être que ce n'était pas une si bonne idée de renvoyer Magnus après tout… mais non, il était un handicap pour nous. Cela aidera le conseil d'avoir de nouvelles idées.

— Je m'appelle Anthony, Votre Altesse, se présente-t-il, enthousiaste. C'est un plaisir d'avoir la chance de vous servir, le royaume et vous.

Gwain lève les yeux au ciel devant l'enthousiasme du jeune homme, mais, heureusement, celui-ci ne semble pas s'en apercevoir.

— Bienvenue au conseil, Anthony. Je suis heureuse que vous vous joigniez à nous. Avez-vous pu rattraper les tâches de Magnus ?

— Oui, my lady. Enfin, je veux dire, Votre Altesse. J'effectuais déjà beaucoup de ces tâches de toute façon, cela ne change donc pas grand-chose.

Pour être honnête, je ne suis pas surprise que Magnus ait demandé à son assistant de faire son propre travail. Le trésorier m'a toujours donné l'impression d'être un homme paresseux et imbu de sa personne.

— Bien. Faites-moi savoir si vous avez besoin d'aide ou d'assistance. À présent que vous êtes le trésorier en titre, vous devriez sans doute avoir votre propre assistant. Avez-vous quelqu'un en tête ?

Il acquiesce avec enthousiasme.

— Mon mari serait parfait pour ce travail. Il a reçu la même formation que moi.

— Parfait. Je suis sûre que Tamara pourra s'occuper de son salaire et de son contrat.

La maîtresse de maison approuve d'un signe de tête et je me tourne vers elle, loin du nouveau trésorier.

— Tamara, combien de dieux ont prêté allégeance hier ?

Elle consulte sa liste.

— Vingt-trois, sans compter plusieurs autres alliés

précédents, qui ont confirmé qu'ils se battraient à nouveau à nos côtés. J'attends plus d'informations de la part de la plupart d'entre eux, mais à titre indicatif, je dirais que nous pouvons maintenant égaler les chiffres d'Angus, voire les dépasser. Nous sommes toujours en infériorité numérique si nous ajoutons l'armée de démons de la Morrigan, mais ils ne sont pas aussi bien entraînés et équipés que nos gardiens. Un soldat d'Epona, par exemple, peut facilement vaincre dix démons.

— Je me sens beaucoup plus optimiste, admet Gwain. Cela nous donne les moyens de défendre le royaume, mais aussi de mener l'offensive. Nous pourrions attaquer Angus si vous l'ordonnez.

Je suis un peu déconcertée. Pendant tout ce temps, nous avons parlé de la défense du royaume, et soudain, nous risquons de jeter la première pierre métaphorique ?

Je ne sais pas trop ce que j'en pense. Se défendre, c'est logique, il n'y a pas d'autre choix. Si le peuple de ce royaume veut survivre, nous devons prendre les armes et nous défendre. Mais nous rendre dans le royaume d'Angus et le combattre sur ses propres terres… n'est-ce pas ce qu'il nous fait ?

— Non, ce n'est pas le cas, murmure Crispin, si doucement que je suis la seule à comprendre.

Il a pris la place de Storm en l'absence du gardien.

— Pense à ce qu'ils nous ont fait. À ce que la Morrigan t'a fait. C'est toujours de la défense, mais pas dans notre royaume.

— Lis-tu encore dans mes pensées ?

Il hausse les épaules.

— Je n'y peux rien. Apparemment, cela se produit maintenant de temps en temps, même quand je ne te touche pas.

Nous en discuterons à un autre moment. Bien qu'il soit pratique qu'il entende mes pensées dans les moments difficiles, je n'ai vraiment pas envie qu'il soit capable de le faire à tout moment. Je n'ai pas de secrets pour eux, mais mon esprit est le mien, il n'appartient qu'à moi.

— Devons-nous préparer nos troupes pour un éventuel assaut sur le royaume d'Été ? demande Gwain, et le silence s'abat sur la salle. Tout le monde me regarde.

Ma mère devrait être assise à ma place. C'est elle qui devrait prendre la décision.

Tant de vies pourraient être perdues. Des vies *seront* perdues, cela ne fait aucun doute. Des personnes que je connais et que j'aime pourraient mourir. Le jeu en vaut-il la chandelle ?

Un éclair de lumière traverse mon champ de vision, et je me retrouve à nouveau dans la tête de Frost. Il y a du bruit, énormément, de la fumée, et l'odeur du sang. Il est étendu sur le sol, les jambes tordues et douloureuses. La douleur brouille ses pensées, mais il s'accroche à la conscience.

— Frost ! m'écrié-je, sans savoir s'il pourra m'entendre.

Peut-être voit-il le conseil qui le regarde… qui me regarde, plutôt que le sombre couloir de pierre que je vois en ce moment.

Une silhouette sombre se penche vers moi.

— Je vais prendre plaisir à jouer avec toi, mon chéri.

Cette voix m'est familière. Si douce et si vénéneuse à la fois. La Morrigan. Elle détient Frost. Soudain, elle est projetée sur le côté par une énorme bourrasque. Storm ! Il se bat encore. C'est bien. Je ne vois pas Arc, mais, avec un peu de chance, il est là aussi.

— Peux-tu te lever ? demande Storm à son frère, mais je secoue la tête.

Mes jambes me font trop mal. Elles sont cassées, j'en suis sûre. J'ai besoin d'un guérisseur… non, Frost en a besoin.

— Arc ! hurle Storm. Tu portes le père, je porte Frost !

Le père. Mon père ? Mon papa ? Ils l'ont trouvé ?

— Pas si vite ! ricane la Morrigan, et c'est la dernière chose que j'entends avant d'être projetée dans mon propre corps, à l'intérieur du palais.

— Wyn ?

Quelqu'un me secoue par les épaules.

— Wyn ? Tu vas bien ?

Mes jambes picotent sous l'effet de la douleur de Frost. Je dois les aider.

— Nous avons besoin d'une diversion, annoncé-je à la salle silencieuse. Gwain, préparez les troupes. Nous allons attaquer Angus. Tamara, Zephyr, faites-le savoir à nos alliés. Crispin, prends vingt de nos meilleurs combattants et rendez-vous à la porte du château de Tioram. Ils ont besoin d'un guérisseur.

— Comment sais-tu… ? s'enquiert Gwain, dont l'incompréhension s'entend dans sa voix.

— Je n'ai pas le temps d'expliquer. Nous devons agir rapidement, pendant que la Morrigan est distraite. Elle ne s'attend pas à une attaque contre Angus. Si nous parvenons à les frapper tous les deux en même temps, ils ne pourront plus s'entraider.

— Princesse, il va nous falloir des heures pour amener notre armée à la porte la plus proche, sans compter du royaume de l'Été. Nous devons planifier, nous avons besoin de temps. La préparation d'une telle attaque prend des jours,

Je soupire.

— En ce moment même, trois de mes gardiens combattent la Morrigan. Ils n'ont aucune chance contre elle, mais c'est une distraction. Ils…

Qu'est-ce que je viens de dire ? La vérité. C'est une déesse. Ce sont trois gardiens et l'un d'eux est blessé. Ils sont comme morts. Ils n'étaient pas censés la combattre. C'était censé être une mission de reconnaissance, en espérant qu'ils pourraient libérer mon père. Ils sont peut-être déjà morts. Quelque chose se brise en moi. Mon cœur, peut-être ?

Non, c'est ma magie. Elle hurle, et je me joins à elle. Nous hurlons ensemble tandis que la grotte du cœur qui nous entoure s'effondre, des stalactites se détachent du plafond, des pierres se fracassent sur le sol.

La lumière aveuglante est omniprésente, mais je ne peux pas fermer les yeux. Je regarde s'effondrer lentement cette grotte, dont je croyais qu'elle était une protection pour ma magie.

Non, ce n'était pas une protection. C'était une prison.

La lumière augmente, se déverse dans ma magie. Elle grandit, passant de la taille d'un gros chat domestique à celle d'un lion. Ses cris deviennent plus profonds à mesure que sa voix change. Ses griffes s'étendent, chacune aussi tranchante qu'un diamant. Ses yeux brillent intensément, tandis qu'elle regarde avec joie la pierre qui était autrefois sa grotte se réduire en poussière.

Elle est libre, et moi aussi.

Je n'ai jamais été destinée à n'être qu'une demi-déesse.

Ma magie s'avance vers moi et je fais de même, la rejoignant à mi-chemin. Je la serre fort dans mes bras.

Nous ne sommes plus séparées, nos pouvoirs fusionnent, nous devenons ce à quoi nous étions destinées.

Nous ne faisons qu'un.

Nous sommes une déesse.

ÉPILOGUE

STORM, DEUX HEURES PLUS TÔT

Il n'y a qu'une vingtaine de démons qui gardent la porte dans les ruines du château et nous les éliminons facilement. Nous sommes une équipe expérimentée : Arc paralyse une bande de démons avec son esprit, mon frère les noie, je rassemble les autres avec des rafales de vent pour qu'ils subissent le même traitement. Brutal, mais efficace. Nous n'avons pas le temps de jouer les gentils aujourd'hui.

La porte qui se trouve devant nous est très différente de celles du royaume de l'Hiver. Au lieu des deux habituelles pierres dressées recouvertes d'une troisième grande dalle de pierre, celle-ci est une porte qui fait partie de la structure du château. C'est un moyen astucieux de le préserver de l'attention des humains. Ils ne voient pas le miroitement de la magie qui recouvre la porte comme une toile d'araignée, mais les pierres dressées attirent les touristes. Il suffit de regarder Stonehenge :

cette porte n'est plus utilisée depuis longtemps parce qu'elle a été conquise par les humains.

Frost essuie ses mains ensanglantées sur sa chemise.

— Je déteste le sang de démon, se plaint-il. Il laisse des taches.

— Te serais-tu soudain changé en Crisp ? le taquine Arc, et Frost lui adresse un regard indigné.

— Arrêtez de bavarder, nous avons du travail, les grondé-je.

Je me dirige vers la porte, laissant derrière moi un tas de cadavres de démons. Mes frères me suivent et ensemble, nous pénétrons dans le domaine de la Morrigan.

Je suis déjà venue au royaume des démons, à de nombreuses reprises, mais cette partie ne m'est pas familière. Nous sommes dans une grande caverne, éclairée par une moisissure ou une mousse rougeoyante qui recouvre les murs. Il n'y a personne ici. Étrange. Je m'attendais à des gardes.

Lentement, nous progressons dans la grotte, prêts à nous battre à tout moment. Le bruit de nos respirations résonne dans l'espace vide, bien trop fort à mon goût. L'entrée sombre d'un tunnel se dessine devant nous et je la pointe du doigt, indiquant aux autres notre destination. Le tunnel est complètement sombre, il n'y a pas de mousse lumineuse pour nous aider à voir ce qui nous attend.

J'étends ma magie pour rechercher les perturbations dans l'air. Quelqu'un respire non loin de nous, à une cinquantaine de mètres. Cette personne est seule. Avec précaution, j'enroule un lasso de vent autour d'elle, et d'un coup sec, je tire vers moi. Un démon vole dans les airs et atterrit lourdement sur le sol à mes pieds. C'est un démon supérieur avec quatre bras et une gueule béante. Étonnamment, il n'émet aucun son. Tant mieux pour nous, cela signifie qu'il n'alertera aucun de ses congénères.

Les ténèbres tourbillonnent autour de lui, ses vrilles s'étendent jusqu'à nous.

Avant que sa magie ne puisse nous toucher, Frost envoie une lance de glace dans sa poitrine. Il s'effondre sur le sol, tressaillant, avant que son corps ne devienne mou.

— C'était trop facile, murmure Frost, faisant écho à mes pensées.

Soit les démons sont devenus négligents, soit il s'agit d'un piège. J'espère que c'est la première option. Peut-être la Morrigan n'est-elle pas là pour les obliger à obéir à sa volonté. Elle les a réduits en esclavage, il reste donc toujours l'espoir qu'ils se battent pour elle à contrecœur. Cela nous donnerait un avantage.

Un piège est peu probable. Personne ne savait que nous venions ici, à l'exception de Wyn, Gwain et Flora. Je confierais ma vie à Gwain, Flora n'a rien à gagner à nous trahir, et Wyn… eh bien, c'est notre Wyn. Tout est dit.

Nous progressons dans le tunnel, et je vérifie régulièrement qu'il n'y a pas de perturbations de l'air. Il n'y a aucun signe de vie.

Ce boyau ne semble pas avoir de fin. Il est trop étroit pour que nous puissions déployer nos ailes, nous devons donc marcher. La plupart des démons peuvent voler, alors pourquoi n'auraient-ils pas une meilleure voie d'accès à la porte ? Peut-être n'a-t-elle jamais été conçue pour être utilisée à d'autres fins que celle de s'échapper. Peut-être que seule la Morrigan l'utilise, car elle peut s'y téléporter en un clin d'œil.

Nous surveillons les autres portes des démons, mais nous ne les empêchons pas de sortir ou d'entrer. Ce serait un trop grand gaspillage de ressources. Tout ce que nous faisons, c'est observer si des groupes de démons plus importants quittent les lieux, ce qui pourrait être synonyme de problèmes. Plus récemment, nos éclaireurs ont guetté la Morrigan et ses alliés. Ils ne l'ont jamais vue, évidemment, vu qu'elle a sa propre porte au milieu de nulle part.

Il nous faut une demi-heure pour atteindre le bout du tunnel.

— Enfin ! murmure Arc quand une lumière scintillante se dessine au loin.

Nous accélérons le pas, heureux de sortir de ce tunnel sans fin. Juste avant d'arriver au bout, je les fais s'arrêter et je déploie à nouveau mes sens.

— Vingt démons devant nous, dis-je à voix basse. Deux d'entre eux sont très grands.

Arc fait craquer ses articulations et dégaine une grande épée qui était accrochée à son dos.

— On va s'amuser, rugit-il avant de bondir à découvert, prêt à attaquer les démons qui nous attendent.

Frost me sourit et s'élance à son tour, des stalactites volant de ses mains pour plonger dans la poitrine de plusieurs ennemis. Je me joins à la mêlée, enroulant des cordes de vent autour de la taille de deux d'entre eux pour les précipiter l'un contre l'autre.

Le sang recouvre le sol de rouge tandis que nous tuons les démons le plus rapidement possible. Il ne nous faut qu'une minute pour nous débarrasser de tous, même des deux grands qui doivent faire deux fois ma taille.

Nous sommes doués pour tuer, nous sommes faits pour cela.

— Bon sang, mais où sommes-nous ? demande mon frère, et je regarde enfin ce qui nous entoure.

Nous nous trouvons dans une autre caverne, mais celle-ci est si grande que je n'en vois pas le bout. Pour ce que j'en sais, elle pourrait faire plusieurs kilomètres. Le plafond est si haut que l'on pourrait facilement y faire entrer certaines des plus hautes tours du palais royal.

Les murs sont recouverts de cette étrange mousse lumineuse

qui éclaire suffisamment pour illuminer l'immense forteresse qui se dresse devant nous.

Si le palais du royaume de l'Hiver est imposant et magnifique, ce bâtiment semble menaçant. La pierre noire brille de façon anormale dans l'obscurité et ses tourelles dentelées pourraient presque rayer le plafond de la caverne. Il n'y a pratiquement pas de fenêtres, mais de petites fentes en forme de flèche sont disséminées le long des murs. Les deux plus grandes, situées au-dessus de la porte principale, ressemblent à des yeux qui regardent au loin, à l'affût d'intrus.

En gros, c'est l'image que la plupart des gens se font d'un château de démons.

— Que faisons-nous ? On passe par l'entrée principale ? demande Arc, observant la forteresse avec dégoût.

— Jetons un coup d'œil, propose Frost, mais je l'arrête.

— J'ai les ailes les plus sombres, laisse-moi faire.

Ses ailes turquoise, et celles d'Arc, cuivrées, ressortiraient trop, même dans cette obscurité. Les miennes sont d'un bleu foncé, mais sous cet éclairage, elles paraissent noires.

Je saute dans les airs et m'envole vers la forteresse en restant dans l'ombre. Plus je me rapproche, plus il y a de démons en bas. On dirait qu'il y a des campements au pied du château, abritant des centaines de démons. Nous n'allons certainement pas emprunter cette voie.

Heureusement, personne ne m'aperçoit quand je tourne au-dessus d'eux, à la recherche d'un moyen d'entrer dans la forteresse. L'arrière du château est taillé dans la roche de la caverne, ce qui nous laisse trois murs pour chercher une entrée.

À un moment, je m'approche trop près d'un démon et il est sur le point de crier, mais un coup de vent rapide dans sa bouche et ses poumons l'en empêche. Il s'effondre : ses poumons ont explosé.

Je m'élève, espérant qu'il n'y aura pas de barrières nous empêchant de voler dans la forteresse depuis le haut, mais, malheureusement, il y en a. *Merde.* Ces foutus démons se sont préparés à voir des intrus. Cela remonte peut-être à l'époque où les démons se battaient les uns contre les autres. Je ne crois pas qu'ils le fassent encore, maintenant qu'ils sont tous dirigés par la Morrigan.

Le mur le plus proche du tunnel que nous avons emprunté n'a pas de porte, pas plus que celui avec la grande grille. Je commence à désespérer de trouver une entrée facile, mais c'est alors que j'aperçois une petite fissure dans le troisième mur. Je m'en approche, curieux.

La fissure s'avère être une mince porte en pierre qui n'a pas été fermée correctement. Elle se trouve juste à l'angle de la grande grille, ce qui représente le moyen parfait pour surprendre les forces d'attaque et les empêcher de s'emparer de la porte. Pour l'instant, c'est nous la force d'invasion, et cette porte nous rapprochera enfin de notre objectif.

Je retourne vers les autres, tuant trois autres démons en chemin.

— Il y a une porte, leur dis-je une fois que j'ai atterri, mais elle est assez loin d'ici. Si nous y allons à pied, nous devrons affronter plusieurs hordes de démons. Arc, si nous volons, peux-tu nous protéger des regards ?

Il acquiesce.

— Oui, mais nous devrons faire vite, je ne veux pas dépenser trop d'énergie.

— Très bien. Je vais vous y mener par le chemin le plus direct. Si nous avons des ennuis, volez tous les deux vers la porte, et je les tiendrai éloignés de vous.

Ils hochent tous deux la tête d'un air sinistre et déploient leurs ailes. J'ai toujours été un peu jaloux des belles couleurs de mon frère, mais aujourd'hui, mes ailes plus sombres s'avèrent plus pratiques.

Je les conduis jusqu'à la porte et, étonnamment, nous y parvenons sans incident. Le bouclier d'Arc semble fonctionner. Il a dit un jour qu'il était plus facile d'influencer l'esprit des démons que de manipuler les humains ou les gardiens.

— Est-ce que tu vas pouvoir passer par là ? demande Frost à Arc, le plus massif d'entre nous.

— En me serrant un peu, oui, grommelle l'Écossais, qui passe devant.

Nous nous faufilons à l'intérieur, progressant lentement dans un labyrinthe de couloirs. Je me débarrasse des démons qui se trouvent sur notre chemin avec mon vent, tandis que les deux autres fouillent les salles que nous traversons à la recherche de tout ce qui pourrait être utile. Notre priorité pour l'instant est de trouver les points faibles de cette forteresse, et avec un peu de chance, le père de Wyn. Tant que nous ne tombons pas sur la Morrigan, tout devrait bien se passer. Ces démons sont des proies faciles, trop surpris par notre présence pour résister.

— Attendez, murmure soudain Arc. Il y a un humain en dessous de nous.

Il a sondé les environs avec sa magie mentale pour nous avertir de la présence d'éventuels non-démons.

— C'est son père ? demandé-je rapidement, et Arc ferme les yeux ; il se concentre.

— Je ne sais pas, il est profondément inconscient. Ou elle, je n'en sais rien.

— D'accord, trouvons un moyen de descendre. Il doit y avoir un escalier quelque part.

Non, il n'y en a pas. Après avoir tourné plusieurs fois dans les mêmes couloirs, il est clair qu'il n'y a pas d'escaliers qui montent ou descendent de cet étage.

— Il doit y avoir une autre sortie que celle par laquelle nous sommes arrivés, marmonne mon frère. Ce n'est pas logique.

— Elle doit être dissimulée par la magie, suggère Arc. Peut-être peux-tu sentir un courant d'air quelconque, Storm ?

Je soupire.

— Faisons le tour encore une fois, et je vous dirai si je remarque quelque chose qui sort de l'ordinaire.

Nous sommes presque revenus à notre point de départ lorsque je sens enfin un souffle d'air sur ma droite, provenant apparemment d'un mur plein. Je tends la main pour toucher le mur… sauf qu'il n'y en a pas.

— J'ai trouvé, annoncé-je, et je traverse le mur-qui-n'en-est-pas-un.

Nous nous trouvons dans un escalier circulaire avec des marches qui montent et descendent. Nous nous dirigeons vers les étages inférieurs, ignorant plusieurs chemins qui s'éloignent des escaliers jusqu'à ce qu'Arc nous dise que nous avons atteint celui où il peut sentir l'humain.

Ce sont les donjons. Quelle surprise ! Des rangées de cellules s'étirent dans l'obscurité, leurs barreaux métalliques cachant des choses que je ne veux pas voir. Ça empeste la mort et le désespoir ici.

Nous avançons dans le couloir, et Arc nous dit tout ce que nous avons besoin de savoir.

— Mort… mort… mort… mort…

Il nous évite d'avoir à regarder dans les cellules. Certaines sentent la décomposition, des corps doivent être en train d'y pourrir.

— … mort… vivant !

Arc se met à courir, nous conduisant vers une cellule que rien ne distingue des autres. Frost pose ses doigts sur la serrure et gèle le métal pour que la porte s'ouvre. Comme si les barreaux métalliques avaient constitué un mur solide, une terrible odeur nous assaille dès que nous pénétrons dans la cellule. Pourriture et décomposition.

Deux silhouettes gisent sur le sol.

— Seul celui de gauche est en vie, marmonne Arc, les mains plaquées sur la bouche et le nez pour éviter de respirer la puanteur.

J'invoque une boule de lumière, veillant à ce qu'elle n'éclaire que la personne qu'il m'a indiquée. J'ai vu ma part de cadavres, mais j'essaie d'éviter quand je le peux. Surtout si le corps en question est celui que je crois.

Je m'agenouille à ses côtés, et je fais rouler le prisonnier pour voir son visage. En dépit de sa barbe hirsute, je le reconnais : c'est le père de Wyn. Il y a beaucoup de sang séché sur ses tempes et à la racine de ses cheveux ; c'est peut-être pour cela qu'il est inconscient. Je le secoue doucement, mais il ne bouge pas.

— Nous devons le porter, dis-je aux autres. Frost, emmène-le près de la porte de la forteresse et attends-nous là-bas. Arc et moi allons explorer les étages supérieurs. Si nous ne sommes pas de retour dans les quinze minutes, emmène-le et passe la porte. Mon frère acquiesce vivement. Je m'attendais à ce qu'il proteste, mais à ce moment-là, nous sommes des professionnels, pas des frères qui se chamaillent.

Frost soulève l'homme dans ses bras, et nous quittons tous les cellules, ravis de nous éloigner de la puanteur et des morts.

C'est une véritable perte de temps. Il n'y a rien dans les salles que nous explorons qui puisse nous donner un avantage. Pas de documents, pas de plans, pas de cartes. La forteresse semble vide, presque inutilisée, comme si elle n'était qu'un des nombreux lieux occupés par la Morrigan. Elle possède sans doute un domicile plus loin dans le royaume des démons, là où c'est plus sûr. Elle est capable de se téléporter, alors peu importe la distance qui la sépare de la porte. Peut-être cet endroit ne sert-il qu'à garder des prisonniers et à faire office de tour de guet surdimensionnée.

Déçus, nous ressortons de la forteresse par là où nous sommes entrés.

— Stop ! s'exclame soudain Arc alors qu'il ne nous reste plus que deux couloirs à traverser. Il y a quelqu'un avec Frost.

Ignorant la peur qui se répand lentement dans ma poitrine, j'envoie ma magie du vent, explorant ce qui se passe au loin. Arc a raison : plusieurs personnes se trouvent près de la sortie. Dix, au moins.

— Prêt ? demandé-je à Arc, qui hoche la tête, la mine sinistre. Descendons-les.

Les démons qui nous attendent ne comprennent pas ce qui leur arrive : ils s'écroulent au sol, écrasés par le vent que j'ai conjuré. Arc part en courant devant, me laissant m'occuper des démons qui débarquent soudain de tous côtés. Il y en a bien plus de dix. C'est comme s'ils nous avaient attendus dans l'ombre, nous tendant un piège dans lequel nous sommes tombés. Nous n'avions pas le choix.

J'entends mon frère crier à l'autre bout du couloir, et j'accélère le pas, tailladant les démons avec mon épée et tuant les autres avec ma magie. Je progresse lentement, mais j'espère qu'Arc a pu rejoindre Frost.

Soudain, un ricanement emplit la salle, écrasant le bruit des combats et les gémissements des démons.

Je connais cette voix.

La Morrigan est ici.

Merde !

Je crée deux tourbillons que j'ancre aux murs pour empêcher

quiconque de passer, et je m'élance en courant vers son rire. Elle est avec Frost.

Pendant que je cours, je conjure davantage de vent, gardant la magie près de ma poitrine, prêt à la lancer sur ma cible.

La Morrigan est penchée sur mon frère qui est recroquevillé sur le sol. Il bouge, pourtant, mais il est trop faible pour lui échapper alors que ses doigts se promènent sur son épaule.

— Éloigne-toi de lui ! hurlé-je, propulsant sur elle tout le vent que je refoulais.

Elle est projetée contre un mur, et son beau visage se tord de douleur. Utilisant davantage de vent, je la balance dans le couloir, loin de nous. Je sais que je n'ai aucune chance de la battre ; la maintenir à l'écart est le seul moyen de sortir d'ici.

Je me laisse tomber à genoux à côté de mon frère, et lui touche doucement le bras.

— Peux-tu te lever ? lui demandé-je, mais il secoue faiblement la tête.

J'inspecte son corps, et je grimace en voyant l'angle inhabituel selon lequel ses jambes sont écartées. Cela doit être terriblement douloureux, et je suis surpris qu'il ne hurle pas.

À côté de lui se trouve le corps étendu du père de Wyn, toujours inconscient.

— Arc ! m'écrié-je. Tu portes le père, je porte Frost !

Je passe la main autour des épaules de Frost, en essayant de ne pas trop toucher ses jambes. Il gémit quand je le soulève, la douleur déforme ses traits.

— Ça va aller, lui dis-je, sans y croire moi-même. Nous t'emmènerons voir un guérisseur dès que nous serons sortis d'ici.

— Pas si vite ! ricane la Morrigan, qui est soudain de retour devant nous, surgissant de nulle part.

Pourquoi Beira a-t-elle donné tant de pouvoirs à cette

déesse ? Il est très difficile de la combattre, et encore plus de la fuir.

Elle tend les bras, du feu s'enroulant autour de ses poignets. En temps normal, c'est Frost qui nous protège du feu, mais il va si mal qu'il ne remarque même pas ce qu'il se passe.

Je prépare du vent pour me défendre, mais tout à coup, quelque chose d'étrange se produit. La magie en moi se met à *vibrer*, comme si elle résonnait d'un son venu de très, très loin. Je sursaute quand une sensation de chaleur se répand dans mon corps. C'est une impression d'espoir et d'amour, qui me fait penser à Wyn.

La Morrigan a cessé de rire et elle se balance sur ses pieds, les yeux dans le vague. Frost a dû voir la même chose, car une seconde plus tard, une grosse stalactite est plantée dans la poitrine de notre ennemie. Surpris, je le regarde : je ne pensais pas qu'il avait encore assez d'énergie pour une telle magie.

C'est à cet instant que je le vois fermer les yeux, et son corps s'amollit. Maudit soit-il, à jouer les héros ! Nous avons maintenant deux hommes inconscients à porter.

Arc attrape le père de Wyn et le balance par-dessus son épaule. Nous nous mettons à courir, franchissons la porte et sortons à l'air libre. Ce n'est pas chose aisée de voler avec Frost dans les bras ; j'ai du mal à rester hors de portée des démons en bas. Nous fonçons vers la porte, espérant que la Morrigan ne pourra pas nous rattraper avant que nous l'atteignions.

Les démons crient en dessous de nous, pointant vers le haut. Arc n'a pas l'énergie nécessaire pour nous protéger de leurs regards tout en portant le père de Wyn. Espérons qu'aucun d'entre eux ne s'envolera à notre poursuite.

Bien trop vite, nous devons atterrir pour entrer dans le tunnel. Je cours aussi vite que je peux, mais je suis de plus en plus fatigué à chaque pas. Mes jambes présentent quelques plaies ensanglantées que je n'avais même pas remarquées lorsque l'adrénaline du combat coulait dans mes veines, mais maintenant, elles rendent la course douloureuse.

Il nous faut une éternité pour atteindre la dernière caverne, et encore plus pour atteindre la porte à son extrémité. Mes jambes sont lourdes, et Frost ne cesse de glisser dans mes bras. Arc n'est pas mieux loti ; il respire difficilement, il jure à chaque pas.

Nous franchissons la porte en tombant plus qu'en marchant. J'atterris sur le sol mouillé, tenant toujours Frost dans mes bras.

Je m'assieds, m'attendant à voir des démons, mais le château est désert. Heureusement, car nous ne sommes pas tout à fait en état de les combattre pour le moment.

Soudain, dans un éclair de lumière, des silhouettes apparaissent tout autour de nous. Mais ce ne sont pas des démons. Des gardiens. Comment… ?

— Frost ! s'écrie une voix très familière, et un instant plus tard, on m'enlève mon frère des bras.

Je suis trop surpris pour protester.

Je me redresse et regarde autour de moi. Dix gardiens se tiennent en cercle autour de nous, nous tournant le dos dans une posture protectrice. Nous sommes en sécurité.

Crispin est penché sur le corps de mon frère ; ses mains décrivent des motifs compliqués. Comment le guérisseur est-il arrivé ici ? Dans tous les cas, je suis heureux qu'il soit là. Mon frère va s'en sortir, Crispin va réparer ses jambes. Je me retourne et je cherche Arc du regard : il a dû atterrir juste derrière moi.

Il ne porte plus sa charge non plus. C'est Wyn qui s'en occupe.

Notre Wyn.

Elle berce son père dans ses bras, et ses mains décrivent les mêmes mouvements que Crispin lorsqu'il soigne quelqu'un. Depuis quand peut-elle faire cela ? Crisp lui a montré la mécanique, mais, jusqu'à présent, elle n'est pas parvenue à guérir la moindre coupure. Aujourd'hui, il semblerait qu'elle soit en train de réparer les blessures de son père.

— Wyn ? l'appelé-je, hésitant, et elle lève les yeux vers moi.

Ils sont d'un bleu éclatant. Ses traits semblent plus nets, et je suis convaincu que ses cheveux sont les siens, et pas une perruque.

Qu'est-il arrivé à ma Wyn ?

~ FIN ~

C'était censé être le dernier tome de la série, mais… les personnages n'ont pas apprécié. L'histoire de Wyn se poursuit dans La Déesse de l'Hiver.

Inscrivez-vous à ma newsletter pour être informés de sa sortie : skyemackinnon.com/newsletter-francais

Si vous avez aimé ce livre, n'hésitez pas à laisser une critique : les gardiens vous en seront très reconnaissants ;)

Vous trouverez tous mes autres livres sur skyemackinnon.com/francais.

À PROPOS DE L'AUTEURE

Skye MacKinnon est auteure de best-sellers. Ses livres racontent l'histoire d'héroïnes qui n'ont pas d'autre choix que de s'impliquer.

Elle revendique avec fierté son héritage écossais, utilisant les fantastiques décors de son pays et une pointe de mythologie, que ce soit pour parler de dieux celtes, de chats métamorphes ou des rues d'Édimbourg.

Lorsqu'elle ne se trouve pas dans son café préféré pour écrire ses livres, Skye adore la mangue séchée, ainsi que les thés exotiques, dont elle a rempli son placard jusqu'à ce qu'il n'en rentre plus aucun sachet. Ce qu'elle aime par-dessus tout, c'est être recouverte des poils de son chat démoniaque.

skyemackinnon.com/francais

Newsletter :
skyemackinnon.com/newsletter-francais

DU MÊME AUTEUR

LES HIGHLANDERS DU STARLIGHT

Thorrn

Eron

Cyle

LES VIKINGS DU STARLIGHT

Vikingr

Drengr

Berserkr

LES ASSASSINS À MOUSTACHES

Chat perché

Chat glacé

Attrape-chat

Chat échaudé

Langue au chat

Chat et souris

Chat fâché

L'Arbre à chat de Noël

Les Assassins à moustaches : tomes 1 à 4

FILLE DE L'HIVER

La Princess de l'hiver

L'Héritière de l'hiver

La Reine de l'hiver

La Déesse de l'Hiver